«PAROLE»

Jill
Hucklesby

piu' profondo del blu

Sperling & Kupfer

Traduzione di Sara Cicala
Deeper Than Blue

ISBN 978-88-200-4472-5
86-I-08

A Chris e Maddy

CONOSCO *una ragazza che fa benissimo la ruota, riesce a mangiare un pacchetto di patatine tutto in una volta, si fa la doccia e si veste in quattro minuti esatti, sa suonare* Il Signore della danza *al pianoforte con gli alluci, fa cento flessioni senza avere neppure un crampo e sa pedalare in bicicletta all'indietro seduta sul manubrio.*

Adora i gruppi degli anni Sessanta (tale e quale suo padre), ballare sul letto usando la spazzola a mo' di microfono (tale e quale suo padre), ma, più di tutto, ama il megagelato al cioccolato fondente del negozio italiano all'angolo.

Pensa che avere tredici anni ed essere la nuotatrice di stile libero più veloce della contea sia figo, e che le ragazze che parlano solo di tatuaggi e reality show siano dei marziani.

Non si guarda molto allo specchio (a differenza della sorella maggiore) e detesta passare il tempo a comprare vestiti che non siano blue jeans, felpe e scarpe da ginnastica quando quelle vecchie sono a pezzi.

Pensa che le amiche del cuore ci saranno sempre, qualunque cosa accada.

È convinta che il sole sorga ogni giorno, che la vita sia rosea e che i frappè alla fragola siano la cosa più vicina al paradiso.

Posso dire di conoscerla piuttosto bene. Dovrebbe essere così.

La ragazza sono io. E questa è la mia storia.

1

SONO sul blocco di partenza della mia piscina a Nottingham, con le braccia distese in avanti a mo' di siluro, la testa in mezzo in posa aerodinamica e i muscoli contratti in trepidante attesa del fischio...

Negli ultimi tre mesi mi sono allenata ogni giorno per questa gara: i duecento metri stile libero femminili under quattordici. L'atleta alla mia destra, Mel James, detiene il record attuale. In acqua è impressionante. L'ho guardata nei video e ho analizzato la sua nuotata in cerca dei punti deboli di cui potrei approfittare.

Il mio allenatore, Pericolo Pubblico Dan (soprannominato così per via della sua vecchia MG malconcia), dice che il tallone d'Achille di Mel è nella virata. È qui che posso recuperare quella frazione di secondo cruciale in grado di fare la differenza fra un primo e un secondo posto.

Il cuore mi batte forte. La folla è silenziosa, trattiene quasi il respiro. I prossimi due minuti decideranno se rappresenterò la contea alle nazionali che quest'anno si terranno al Crystal Palace di Londra. Papà è lassù in tribuna, probabilmente si starà grattando l'orecchio: fa sempre così quando è preoccupato per qualcosa. Mamma, seduta immobile come un sasso, si morde il labbro inferiore. Perfino mia sorella Cassie è lì da qualche parte con in mano Dennis, il mio cane di pezza portafortuna (anche se, conoscendola, è al cellulare che parla con qualche ragazzo).

Ho il respiro un po' affannoso. È tempo di una rapida ramanzina fra me e me. *Inspira dal naso, Amy, riempi lentamente i polmoni. Continua a concentrarti. Non lasciare che la mente voli via.* Osservo il mio riflesso sull'acqua. Sembro un insetto: magro, brillante, con la testa splendente.

«Concentrati sul ritmo...» Nella mia testa risuona forte e chiara la voce di Dan. «Pensa al ritmo delle bracciate.»

Ed eccolo finalmente, il suono acuto del fischio, un grido stridulo che manda impulsi al mio sistema nervoso e infine ai muscoli, chiedendogli di lanciarmi nell'aria e poi in acqua come una freccia.

È un bel tuffo di partenza, ma vedo Mel che si distanzia e nuota verso la superficie. Non posso permetterle di passare in testa. Dobbiamo restare alla pari se voglio guadagnare tempo nelle virate.

Sto fendendo l'acqua. La folla strepita.

Concentrati, Amy, mi ammonisce una voce interiore, quella autoritaria che di solito mi dice di non mangiare patatine e cioccolatini. *Tieni il ritmo. Uno, due, uno, due...*

La ragazza alla mia sinistra, Louise Loader, è due secondi buoni dietro di me. Posso concentrare tutta l'attenzione su Mel, le cui gambe lunghe la fanno scivolare agilmente verso la prima virata.

Devo guardare avanti e stabilire il numero di bracciate che mancano alla capriola, proprio come faccio ogni giorno durante l'allenamento. Le parole sagge di Dan riecheggiano dentro di me. «Devi essere fluida come se facessi un solo movimento.»

Un, due, tre e sotto. Mi capovolgo, mi spingo dal bordo e riemergo. Mel è già lì, due bracciate più avanti. La folla urla fortissimo ora – o è la furia del sangue nelle mie orecchie? Devo allungare al massimo le braccia e spingere più che posso.

Un muscolo della spalla mi fa male; non può essersi stirato dopo tutti quegli esercizi di riscaldamento. Devo sopportare il fastidio, compensare con l'altro braccio...

Trenta secondi dopo ecco la nuova virata. Devo accelerare il recupero. *Questa volta capovolgiti più in fretta, Amy. Un, due, tre...* Mel è già sott'acqua. Adesso anch'io; mi giro, la raggiungo e spingo di gambe mettendocela tutta.

Stavolta tagliamo la superficie insieme. Sento una fitta al torace. Continuo a dimenticare di buttare fuori l'aria. «Sciocca», mi ammonisce la voce di Dan. «Lascia che i polmoni si...» Se riuscissi a rilassare un po' il busto il dolore si attenuerebbe. D'un tratto le bracciate mi sembrano più fluide e veloci. Sto faticando più di Mel, che sembra forte e rilassata. È molto avvantaggiata, essendo già un metro e sessantacinque d'altezza e cintura nera di judo.

Non pensare a Mel, idiota! Testolina, che ti prende? Concentrati sulla prossima virata e sugli ultimi cin-

quanta metri. Nuota come se la tua vita dipendesse da questo...

Ci giriamo sott'acqua in perfetta sincronia come immagini riflesse allo specchio. Sembra di muoversi al rallentatore in un mondo silenzioso. Adesso siamo di nuovo in superficie e la gente è in piedi, fa il tifo, sventola striscioni e agita i pugni serrati per l'emozione. I membri della mia squadra seduti in panchina fanno una ola, avanti e indietro, e intanto ripetono qualcosa. Forse è il mio nome! Non sento nulla a parte il battito del mio cuore.

L'arrivo è vicino, mancano solo venticinque metri. Siamo alla pari; ognuna chiede al proprio corpo di trovare quella scintilla di energia in più capace di condurci alla vittoria.

Mel avanza. *RESPIRA corpo, non piantarmi in asso proprio ora.* Incamero l'aria, mi sforzo di mandarla giù, poi la butto fuori pensando al disegno di Dan di un motore a pistoni. Funziona. Guadagno terreno...

Quindici metri, dieci metri, cinque... Mel tiene duro, allunga le mani, fende la schiuma. Quattro metri, tre... *la mia vita dipende da questo, la mia vita è questo...* due, uno... *SPINGETE gambe*, *ALLUNGATEVI mani*, *TOCCATE dita*.

Il mio indice avverte, mezzo secondo prima di quello di Mel, le gelide piastrelle del bordo vasca. Louise arriva terza, tre secondi dopo di noi.

Ed è tutto uno strombettare e un tuonare di applausi. Alzo le braccia in un gesto di felicità assoluta. Vedo mamma e papà che saltano dalla gioia. Pericolo Pubblico Dan mi guarda e alza i pollici (con un po' di dignità in più). La mia squadra è in piedi sulla panchina e batte forte le mani. Voglio ricordare questo momento per il resto della mia vita. Vorrei che non finisse mai.

«Sei stata fantastica», dico a Mel, serrandole i palmi tra i miei.

«Ben fatto», risponde entusiasta. So che deve sentirsi giù. C'era quasi.

L'abilità e la resistenza di Mel sono diventati i miei obiettivi e se sto migliorando è in gran parte merito del suo esempio e della sua ispirazione. Glielo confido e sembra compiaciuta.

«Oggi sei stata tu la migliore.» Sorride e mentre i giudici di gara ci invitano a uscire dall'acqua aggiunge: «Ma guardati le spalle».

Ed ecco la ciliegina sulla torta. Gli organizzatori annunciano all'altoparlante che ho stabilito un nuovo record di due minuti e dieci secondi. Campionessa di contea e detentrice del nuovo primato. Mi fanno cenno di salire sul podio per ricevere coppa e medaglia. Dio, spero di non mettermi a frignare.

C'è un fotografo del *County Herald*. Per una volta non mi importa se sembro un goffo insetto stecco con i bicipiti e la cuffia. Ho sentito altri nuotatori parlare del settimo cielo. Dev'essere questo.

Tutt'intorno c'è un po' di confusione. A un giudice sono caduti dei fogli – alcuni sono finiti in vasca! Certe volte so che cosa sta per accadere. Le scene mi sfrecciano davanti agli occhi e si succedono nella mia testa come le sequenze di un film. So che sta per chinarsi a raccogliere i fogli fradici. Ho già visto gli occhiali da lettura cadere e li ho sentiti frantumarsi sul bordo della piscina un centinaio di volte.

Mamma sostiene che ho preso dalla nonna, questa

cosa dei déjà vu. Nonna May è mezza irlandese, e prima di dare i numeri, leggeva le foglie di tè. Quello non riesco a farlo, però. E comunque usiamo solo tè in bustine.

Le schegge di vetro brillano sull'acqua come frammenti di ghiaccio.

Un brivido mi percorre la schiena. Tremo. Dev'essere lo sforzo della gara. Mi avvolgo nell'asciugamano della squadra. Sembra caldo e sicuro...

2

Finalmente a casa. Il telefono non fa che squillare. Questa volta è per me, è Dan, dice papà.

«Ciao, campionessa», fa il mio allenatore.

«Ciao, allenatore di campionesse», rispondo al saluto con la bocca piena di mozzarella. «Mi devi dieci tavolette di cioccolato.» (È una tacita regola quando qualcuno della sua squadra batte un record.)

«Mademoiselle le gradisce all'istante su un vassoio d'argento?» chiede e indovino un gran sorriso allargarsi sulla sua faccia barbuta.

«Nah, puoi darmele domani», ribatto divertita.

«Domani hai la giornata libera, Amy», mi annuncia, e per qualche motivo so già che cosa sta per dire. «Niente allenamento. Un'idiota ha fatto cadere del vetro in vasca. Bisogna pulirla...»

Vedo le schegge che brillano come punti di luce.

«Cavolo», commento, ma in realtà vorrei gridare: «E vai!»

«Divertiti, piccola», soggiunge Dan. «Te lo meriti.»

E cade la linea.

* * *

Così, per una volta, mentre la luce del sabato mattina filtra attraverso le tende azzurre, sono ancora a letto alle sei (avrei dovuto ricordarmi di spegnere la gallo-sveglia) e alle sette e, wow, alle otto, ed ecco che Cassie nella stanza accanto ha messo su il meglio dei Bitch Witch; il volume è abbastanza alto da far vibrare le medaglie appese al muro della mia camera.

È deciso. Ho tutta la giornata davanti. Potrei rendere felice la mia amica del cuore, Sophie, e andare a fare shopping con lei. Le manderò un messaggino per dirle che sono inaspettatamente libera. Poi dovrò cercare di far uscire mia sorella dal bagno. Quando mi alleno non ho di questi problemi; in genere all'alba sono già fuori di casa.

«Cassie», piagnucolo battendo forte alla porta. «Che stai facendo lì dentro?»

«Pensa ai fatti tuoi», è la risposta.

«Devo andare in bagno.»

«Vai di sotto.»

«C'è papà, ed è lì dentro da dieci minuti, perciò...»

La porta si apre e sbuca un braccio nudo che stringe in mano un flacone di deodorante. Mia sorella è avvolta in un asciugamano e ha la faccia ricoperta di fanghiglia verde.

«Usa questo», dice brusca.

«Mi serve la doccia... Esco con Sophie.» Eccomi a implorare.

«Oh mio Dio! Vai a fare shopping? Nei negozi veri, non in quelli che vendono solo costumi da bagno?»

Questa era un po' tagliente. «Forse dovrei farti notare che sei in piena fotosintesi», ribatto in tono dolce.

Lei sbatte la porta e ruggisce come un leopardo ferito. Le quindicenni sono di poche parole. Una porta sbattuta ne vale mille. È probabile che stia anche digrignando i denti. È un'abitudine che pare risalga a quando sono nata e spiega i suoi incisivi livellati.

Di sotto è scoppiata la terza guerra mondiale. Barker, il nostro golden retriever, ha vomitato sul pavimento della cucina dopo che ieri notte ha mangiato il rossetto di Cassie. (Mi ha accusata di averglielo rubato, il che è normale. È sempre colpa mia.) Comunque mia madre è china per terra con lo straccio e il disinfettante. Barker, impassibile nella sua cesta, guarda altrove, come fa sempre quando nega di aver commesso una malefatta. Papà indossa il suo pigiama alla Mick Jagger con tanti labbroni disegnati (un regalo di San Valentino da parte di mamma).

«Qualcuno vuole del porridge?» chiede indifferente.

La somiglianza della pappetta d'avena con il gradevole spettacolo di cui sopra è troppa da sopportare. Ho perso l'appetito e non riesco a ingoiare il pane tostato. Di solito metto le croste nella ciotola di Barker, ma un'occhiataccia di mamma mi dice che sta passando dei guai seri e non si merita nessun premio. Né ora né mai.

Papà è seduto vicino a me con i capelli in piedi come un personaggio dei cartoni animati. Di solito siamo già in piscina e lui mi cronometra mentre vado a caccia di squali lasciando la scia nell'acqua blu e migliorando i miei tempi di qualche decimo di secondo decisivo. Gli piace accompagnarmi nei weekend e, sulla strada di casa, ci fermiamo al *Macari's café* per un gelato. O anche due. O tre.

«Potrei fare le uova strapazzate...» Proprio non ci arriva.

Squilla il telefono.

«Parla il manager personale di Amy Curtis», risponde mio padre con una voce in falsetto. Mi passa il ricevitore. «Per te, naturalmente», mormora fingendosi offeso.

«Non posso credere che verrai a fare shopping!» esclama Sophie con un grido che spacca i timpani.

«Potrebbe essere un'occasione unica», dico.

«Mamma viene a prenderti alle nove e mezzo. Puoi fermarti per pranzo?»

Mangiare a casa Haynes è sempre un'esperienza incredibile. Patatine, pizza al trancio, Coca-Cola e gelato, cose che noi ormai possiamo solo sognare da quando mia madre si è convertita all'alimentazione vegetariana ed è una fanatica dei cibi naturali.

È, quindi, una sorpresa per chiunque, e per mamma in particolare, che Sophie, con la sua dieta non proprio salutare, si sia rivelata una discreta fondista, essendo «più grossa della norma» (parole di mamma) per la sua età. Inoltre soffre periodicamente di asma e di una strana allergia a qualsiasi cosa diversa dai cibi pronti.

Dall'anno scorso la mia amica si dedica alla corsa e ha iniziato a perdere i chili di troppo; i suoi successi hanno ispirato sua madre Shirley e il fratellino Gus, di dieci anni, noto agli amici come «Ciccio». Fanno jogging tutti e tre insieme (non parlano mai del papà di Sophie, lei lo chiama «l'Uomo Invisibile»).

Shirley si lega i lunghi capelli ricci con un fiore di

plastica giallo e ogni tanto fuma una sigaretta. Di recente sono stati invitati dal giornale locale a prendere parte alla campagna «Contro i lipidi». Sophie è dimagrita di tredici chili ed è diventata una celebrità.

Credo sia per questo che siamo amiche del cuore. Sa che cosa significa essere riconosciuta per strada e vedere una parte della propria vita comparire regolarmente sulla prima pagina del giornale. Non sopporta di avere ancora il doppio mento di profilo. «Potrebbe andare peggio», la consolo. Almeno lei non è mai stata fotografata con una cuffia in testa come un personaggio di *Z la formica*...

Corro di sopra in preda all'euforia, tentando di battere il mio record di tre secondi dal primo gradino in fondo alle scale alla porta della mia camera. Stamattina faremo qualcosa di speciale. Sophie ha risparmiato per comprarsi un bel paio di scarpe da corsa. Una parte dei soldi proviene da un articolo su di lei nella rivista *Hot Teen*. Il resto l'ha guadagnato sbrigando lavoretti in casa dei vicini, come lavare piatti, pulire gabbie di uccelli e cose simili. Sua madre le ha dato altre venti sterline. Così tutti e tre non hanno mangiato gelato per un mese intero.

La settimana prossima, in occasione dei Giochi della Gioventù, Sophie vuole vincere gli ottocento metri. Abbiamo sentito dire che Olivia Brill ha delle scarpe da corsa nuove con i tacchetti a turboelica e si sta facendo allenare personalmente per vincere la coppa.

Sul letto, il cellulare sbraita come un pappagallo insofferente. Mi è arrivato un messaggio: «Se taglio il traguardo per prima riempio il trofeo di frappè alla fragola e ce lo beviamo con delle cannucce gigantesche!»

Sogno di assaporare quella prelibatezza, quando mamma bussa piano alla porta della mia stanza; indossa ancora i guanti di gomma. Intanto m'infilo i jeans e la felpa. Alla doccia ci rinuncio. E comunque, quando Cassie avrà finito, non ci sarà più acqua calda. Neanche le cascate del Niagara basterebbero per mia sorella.

«Ecco», dice mamma mentre con le dita guantate di giallo tira fuori dalla tasca della vestaglia un biglietto da dieci sterline. «Spendili con Sophie. Regalatevi qualcosa di bello.»

«Grazie, mamma.» La abbraccio. Non con la violenza che riservo a papà: gli salto addosso, lo strizzo fino a impedirgli di respirare e intanto sollevo entrambi i piedi da terra. (Mamma è più sensibile di lui e odia i rumori forti, gli abbracci stritolanti e le cose disgustose come il vomito di cane. È una pittrice e sostiene di amare le tele perché non parlano, se non all'immaginazione. Questo non lo afferro molto bene, ma mi assicura che quando sarò grande capirò.)

Ho già deciso che io e Sophie ci regaleremo due frappè alla fragola con panna extra e marshmallow, quando lei sarà diventata l'orgogliosa proprietaria di un paio di scarpe da maratoneta da cento sterline, di un bel bianco ghiaccio e con le strisce aerodinamiche.

«È arrivata», grida papà con la sua voce da Baloo. Oddio, sta aprendo la porta e indossa ancora il pigiama con i labbroni. E sta cantando «Io sono qui nella giungla ormai una personalità» con la faccia corrugata come se stesse soffrendo. Per fortuna Sophie ci è abituata e si limita a mostrare una rassegnata indifferenza. Uscendo lo bacio sulla guancia, mentre lui fa il suo svenevole sorriso da orso.

Oltrepassata la porta, Sophie si mette a ballare come una pazza, sul vialetto. Mi afferra e ruotiamo, ruotiamo, e per poco non caschiamo nelle aiuole di fiori. L'ultima volta che l'abbiamo fatto, lei era stata la migliore nell'esame di fine anno di religione. «Ma è strabiliante», aveva esclamato sua madre. «La mia Sophie si farà suora.»

«Wow!» grida ora. «Oggi è il più bel giorno della mia vita.»

«Non sapevo che fare shopping con me fosse così eccitante», rispondo. Soph è davvero euforica. Forse a colazione ha mangiato la crema al cioccolato.

Shirley sta aspettando in macchina, una famigliare blu che sa di arance dolciastre. Ha due treccine azzurre nei capelli e indossa una maglietta con su scritto CAMPA CAVALLO.

Adesso papà è alla finestra del soggiorno che imita il cane di pezza sulla cappelliera della macchina di Sophie. A volte mio padre è imbarazzante.

«È un bel tipo, vero?» fa Shirley salutandolo.

Mi limito a dire «a-ha» perché sto sempre attenta a non toccare l'argomento «papà» per ovvi motivi. E non è un problema se rispondo «a-ha» alla mamma di Sophie, mentre la mia insisterebbe perché rispondessi «sì». I Beatles però dicevano quello che gli pareva ed erano fighi.

Gus è seduto dietro tutto ingobbito, i resti dei cereali al cioccolato intorno alla bocca. Porta un cappello da baseball sudicio messo al contrario. Odora di patatine fritte.

«Vado dietro con lui», si sacrifica Sophie facendo una smorfia. «Fatti più in là», ordina al fratello.

Gus mi sorride timidamente. I piccoli occhi azzurri quasi spariscono nelle guance tonde.

«Ciao, Ciccio», lo saluto. È difficile non guardare la pelle rossa e screpolata sotto le narici.

«Ciao, 'Mì», risponde tirando su con il naso. Sembra che abbia sempre il raffreddore. Mamma pensa che sia allergico ai latticini. Shirley dà la colpa all'umidità del loro appartamento. Secondo lei è per quello che dice sempre le parole a metà...

«Non preoccuparti. Va a casa dello Zozzo per pranzo», mi assicura Sophie.

«'Ngerò lasanne», ci informa Gus leccandosi le labbra e sfregandosi la pancia. So che i suoi occhi non mi hanno lasciata neppure un istante da quando sono salita in macchina.

«Che vuol dire lasanne?» chiede Shirley.

«Intendi lasagne, Ciccio?» domando io.

«Ah, ah, ah», risponde, perciò lo prendo per un sì.

Sophie mi agita un rotolo di banconote da venti sterline, tutta eccitata.

«Potremmo comprare dieci porcellini d'India con quelli», propone Gus placidamente. «Stupide scarpe.»

«Non sono stupide», sbotta Sophie. «Saranno le scarpe da corsa più bianche, veloci, fighe e trendy del pianeta.» Si solleva le palpebre e fa una linguaccia al fratello, che la copia. Non è un bel vedere. Sembrano due gargoyle.

«Speriamo che il vento non cambi», l'avverte Shirley lanciando un'occhiata nello specchietto retrovisore. Mi fa l'occhiolino, sorride e le si formano lievi rughe intorno agli occhi.

«Allarme rosso, allarme rosso, passiamo davanti alla piscina!» grida improvvisamente Sophie con le mani sulle mie spalle come per trattenermi. Fingo di dimenarmi. «Hai una vita anche fuori dall'acqua», esclama perentoria.

Così oltrepassiamo la piscina senza che mi getti dal finestrino facendo un salto mortale o roba simile, però mi rendo conto che la spalla sinistra è molto indolenzita. Succede sempre nelle rare occasioni in cui non mi alleno. Tutto si blocca. Il mio corpo è una macchina ben affinata cui occorre molta manutenzione, compresi massaggi specifici e cibo altamente proteico. La povera mamma deve sacrificare i suoi nuovi principi alimentari e cucinarmi la carne diverse volte alla settimana. L'allenatore dice che i miei muscoli ne hanno bisogno per svilupparsi. Mamma spesso chiude gli occhi e si scusa con l'animale che taglia a cubetti.

«Mi dispiace davvero, agnellino. Spero che ti sia divertito a giocare allegramente nei prati con i tuoi fratellini prima che ti caricassero su quel camion spaventoso...»

Conosco ogni centimetro del mio corpo, i punti forti, quelli deboli. Da dietro sembro un triangolo con il morbillo, dice Cassie, dato che le spalle stanno diventando larghe e si stanno riempiendo di macchie. Mamma dà la colpa al cloro e ai miei ormoni che iniziano a far festa.

Almeno una piccola parte di me ha una vita sociale.

Ormai sono abituata ad allenarmi sette giorni su

sette. È una filosofia a cui è improntata tutta la mia esistenza: un viaggio verso una meta finale che per gran parte degli atleti è rappresentata dalle Olimpiadi. Durante la gara sono carica di emozione e adrenalina, una sostanza chimica che il corpo rilascia quando bisogna muoversi in fretta, dice Dan. Anche in macchina con Sophie, questo sabato mattina trafficato, riesco a immaginare le vibrazioni delle concorrenti di fianco a me e sento in sottofondo il rumore della gente che fa il tifo. Sono, per dirla con le parole di Cassie, «nuotodipendente».

È una sensazione incredibile, vincere una gara. Quei momenti sono stati una meravigliosa ricompensa dopo due anni di rigido allenamento. Non vorrei mai smettere di provarla. Sogno, un giorno, di salire in alto, su un podio in qualche posto lontano, ascoltare l'inno nazionale e portare a casa una medaglia d'oro per la Gran Bretagna.

Voglio che anche Sophie provi questa felicità, dopo aver vinto gli ottocento metri ai Giochi della Gioventù.

Ecco perché mi trovo in un negozio di calzature nel centro di Nottingham, a comprare delle scarpe da corsa con la mia migliore amica, che non riesce a smettere di sorridere mentre ne prova almeno quattro milioni di paia. Ormai è un'ora che siamo qui. Le scarpe bianche ornano il pavimento come fiocchi di neve. La commessa ha un'aria davvero seccata. Le è venuto un tic all'occhio destro ogni volta che guarda Gus, disteso per terra seppellito dalle scatole vuote, mentre fa il verso dei porcellini d'India.

Finalmente Sophie si decide. «Ti piacciono, Amy?» continua a chiedermi.

«Sì, mi piacciono», rispondo, forse una decina di volte.

«E cos'è che ti piace di più?»

«Le strisce.»

«Non pensi che siano troppo... a strisce?»

«No.»

«Avrei preferito le strisce blu...» commenta lei. Bofonchiamo tutti.

«Non sarà il colore delle strisce a farti correre più veloce», le faccio notare. «L'argento è davvero figo, e con un po' di fortuna abbaglieranno Olivia mentre nella curva finale la superi come un razzo e arrivi prima.»

«Pensa se mi batte clamorosamente», mormora con gli occhi bassi.

Qui bisogna intervenire di petto. «Stop a tutti i *se*. Devi puntare gli occhi sulla linea d'arrivo, concentrarti sul ritmo e METTERCELA TUTTA.»

«Non sono molto brava a concentrarmi. Se inizio a pensare al ritmo, cado», ammette.

«La cosa più importante è mettercela tutta», le ripeto.

«È la Legge di Amy. Giusto, coach?» sorride e all'improvviso mi abbraccia forte.

«Sì, se vuoi», concordo, lusingata.

«Forse con i tacchetti sarebbe stato meglio...»

A questo punto Shirley decide che ha bisogno di altre sigarette e mi sembra il momento giusto per proporre un salto al caffè *Pink Flamingo* dall'altra parte della strada. Shirley ci raccomanda di attraversare sulle strisce, mentre lei e Gus ci raggiungeranno fra un momento.

La strada è affollata di famiglie che comprano vestiti con i saldi di luglio: magliette da portare in vacanza, piscine gonfiabili da collocare nei giardini inariditi da settimane di sole. Tutti sorridono e nella luce del mattino sembrano se stessi.

«Vedi anche tu chi vedo io?» chiedo a Sophie facendo un cenno davanti a noi.

Sono due compagni di scuola della nostra età. Si danno un colpetto con il gomito e ci indicano.

«Ciao, Bellissimo», grida Sophie salutando. Peter Furnace diventa di un rosa fosforescente che stona proprio con i capelli fulvi. Dom, il suo viscido amico, è piegato in due dal ridere. Bellissimo si avvicina con le mani in tasca, cercando di darsi un tono.

«Ehi», esclama guardando noi, poi Dom, poi per terra.

«Ehi, Bellissimo», ripete Sophie.

«Ti ho vista. Nel giornale di mia sorella», mormora quasi con riverenza.

«Nella foto dove ho quattro menti?» chiede Sophie ridendo mentre schiaccia il mento contro la gola e si mette in posa.

«Sì. Cioè no. Indossavi una cosa blu. Un ponko.»

«Sembravo proprio un'idiota, vero?» Soph trattiene a stento la ridarella, avendo scelto di non dire al suo ammiratore che in realtà si trattava di un poncho.

«Posso avere... un autografo?» chiede Peter che adesso è rosso come un pomodoro.

«Certo», fa Sophie. «Hai una penna?»

Sembra avvilito. «No. Ho il mio braccio, però», e arrotola la manica per svelare un arto pallido e lentigginoso.

«Userò l'eyeliner», decide Sophie rovistando nella

borsetta e tirando fuori un kajal nero che usa nei servizi fotografici e che altrimenti non si sognerebbe mai di mettere.

Bellissimo guarda tutto orgoglioso il braccio autografato. Si legge: «A Bellissimo. Con affetto, Sophie». Le sorride raggiante.

«Uhm. Posso baciarti?»

«Oddio, no», risponde lei, presa alla sprovvista. Dom se la ride dietro a Bellissimo.

«Peggio per te», replica lui rassegnato, e si allontana tenendo il braccio come fosse un dono prezioso.

Stiamo aspettando all'incrocio e Soph bacia la scatola che contiene le scarpe da corsa, dichiarando loro che le ama. Mi chiedo se Bellissimo stia osservando la scena...

«Ti comprerò il più grande frappè alla fragola che hai mai visto», le prometto. Gli occhi le si illuminano di gioia.

«Aspetta, però», mi trattiene per un braccio. «In cima deve avere qualcosa di veramente PAZZESCO.»

«Una spruzzata di panna?» sussurro.

«E scaglie di cioccolato, granella di zucchero e...»

«Marshmallow.»

Controlliamo la strada e scendiamo dal marciapiede sulle strisce pedonali. Lancio un'occhiata a Sophie e vedo i biondi capelli da angelo scintillare al sole, la bocca spalancata che ridacchia, il viso tondo radioso e colmo di bellezza. Non ha mai avuto un'aria più felice. E dietro, da qualche parte in lontananza, il profilo oscuro di un'ombra incombe come un'eclissi.

Sono già stata qui, nei miei incubi...

Tutt'a un tratto sento un rumore assordante simile a

un fischio, come se cinquanta bollitori da campeggio raggiungessero i cento gradi nello stesso momento, e un tremendo stridio di metallo che scintilla contro altro metallo, e sulla mia faccia ci sono capelli d'angelo ovunque, e i raggi bianchi del sole mi pugnalano gli occhi come spade.

Ma adesso è tutto nero. Mi sembra di nuotare sott'acqua, in un oceano freddo e buio. Sono sola e spaventata. E questo mondo è privo di suoni. Nemmeno un'eco lontana della sua risata.

3

PAPÀ, *ho paura.*

Forse sto dormendo e quando mi sveglierò sarò a casa nel mio letto, al calduccio e al sicuro, con gli occhi serrati in attesa del *chicchirichì* stridulo della gallosveglia, alle cinque e mezzo del mattino.

Mamma, stringimi per favore.

Forse sono morta. Condannata a nuotare per sempre in un mare nero e senz'anima. No, non può essere. Sono sempre stata gentile con gli animali (quelli che non mangio per motivi di allenamento) e con le persone anziane, come Joan, la vicina, che ha l'artrite e non riesce a piegarsi senza scoreggiare. Non ho avuto tempo per riflettere sulla faccenda di Dio, forse è qui che finiscono le persone che non appartengono a nessuna parrocchia.

Se questa è l'eternità, non credo di volerci restare ancora a lungo...

Mamma dice che spetta a ognuno di noi farsi una propria idea sulla religione. Lei si descrive come «spirituale». Anche papà sostiene di avere un buon rapporto con gli spiriti, soprattutto il whisky.

In questo posto riesco a intravedere delle immagini della mia famiglia, ma quando cerco di raggiungerle, svaniscono. Adesso sembra che papà stia pregando, allora è proprio convinto. Cassie pare più una buddista, mette dei fiori vicino a una teca con dentro la mia foto. Vedo Shirley nuda nella pioggia di notte, con le braccia alzate alla luna. Mamma sostiene che è pagana. Sul dizionario c'è scritto che i pagani adorano gli spiriti del vento, della terra e del cielo. Mi piace quest'idea. Papà dice che è una scusa per spogliarsi. È la prima frase scortese che gli ho mai sentito pronunciare...

È strano come riesca a immaginarli tutti e a percepire il loro dolore in questa oscurità... Mi sembra di sentirli parlare, ma le voci sono come sussurri in una folata di vento.

Mia madre sta lamentandosi che è colpa sua: se non mi avesse dato la banconota da dieci sterline, niente di tutto questo sarebbe successo.

Shirley accusa se stessa: se non fosse andata a prendere «quello stupido pacchetto di sigarette», l'avrebbe visto arrivare.

Papà, ti prego, aiutami. Portami a casa...

Papà si prende a schiaffi da solo perché aveva pensato di iscrivermi in un'altra piscina, così non avrei mai attraversato quella strada. E forse, nemmeno Sophie.

Gus sta chiedendo se può comprare un porcellino d'India...

Mia sorella dice che lei non c'entra niente, anche se, appena mi capita l'occasione, farò notare che se non fosse rimasta in bagno per un'ora, forse saremmo partite prima e quindi avremmo attraversato la strada in un altro momento. Dichiarazione che non riscuoterà un gran successo.

Stranamente l'autista del camion incolpa la persona all'altro capo del telefonino che teneva all'orecchio quando ci ha investite.

Non ti perdonerò mai...

La colpa è una cosa interessante. Sembra tirare fuori il peggio delle persone. E non cambia la realtà dei fatti. Parlare di «incidente» è più comodo per tutti, perché in questo modo non è colpa di nessuno. È un atto di Dio. (Ma guarda! Quindi tecnicamente è colpa di Dio.)

Potrei dare la colpa ai frappè alla fragola. Sulla confezione dovrebbe esserci un avviso del ministero della Salute: NON ATTRAVERSATE LA STRADA PER ACQUISTARE QUESTA BEVANDA. I FRAPPÈ UCCIDONO.

Ho paura. Non riesco a sentire il mio corpo. Sophie, dove sei?

Penso che Dio, come la colpa, abbia significati differenti a seconda delle persone e del luogo in cui vivi. Interi continenti fanno affidamento su un libro pieno di comandamenti che dicono essere la sua parola. Ma com'è che ci sono libri diversi con comandamenti diversi? Vuol dire che ci sono dèi diversi? E come si fa a sapere qual è il migliore? (Ecco come la pensa mamma.)

Sento il panico salire come un'onda di marea, acquista forza, velocità, mi risucchia nella sua massa monumentale...

In questo luogo di tenebra so che ovunque Dio sia, è una faccenda di sensazioni, non di libri. E non mi sento morta. D'altra parte non mi sento nemmeno molto viva. Dovunque mi giri, c'è oscurità. Perfino negli abissi la luce filtra a certe profondità. Per quanto cerchi di nuotare verso l'alto, il nero non diventa mai blu. Non c'è via di scampo, testolina. Siamo sconfitte.

L'onda si infrange, mi travolge riempiendomi i polmoni d'acqua, e mi stritola nella sua morsa trasparente. Non provo niente, solo una debole vibrazione, come il suono di un tamburo lontano, ripetuto, ancora e ancora. Forse è il mio cuore.

O un ricordo del mio cuore.

Non sento le voci dei miei famigliari da un'infinità di tempo. Le sto addirittura dimenticando. Forse dimenticherò chi sono e non farò che fluttuare nell'oblio attraverso questa terra sommersa.

Da quanto mi trovo qui? Nessuno può rispondere.

Il tempo è così importante nella mia vita, guardo sempre l'orologio per assicurarmi di riuscire ad arrivare puntuale agli allenamenti. In questo posto il controllo del tempo non esiste. È lui a controllare me.

Le vibrazioni si fanno più insistenti. E c'è un rumore ovattato simile alla tosse di un vecchio mago.

Mi senti, Dio? Mi sa che è meglio non avere preconcetti…

Alcuni credono che rinasci molte volte. È questo che mi sta succedendo? Io e Soph ne abbiamo parlato la scorsa settimana nell'ora di matematica: lei diceva che le sarebbe piaciuto rinascere nelle vesti di mia sorella, e io le ho risposto che forse non funziona così e che la prossima volta potremmo essere dei maiali; si è messa a grugnire e così ci siamo buscate tutte e due una punizione.

Forse mi stanno trascinando pian piano verso la macchina che ricicla le anime al centro della Terra e sto per rinascere in una nuova famiglia, in una parte sconosciuta del mondo.

Non ho detto addio a mamma e papà... Non sono pronta a lasciarli. Voglio restare nella culla del loro abbraccio. Nella musica delle loro risate.

Non puoi farmi andare se non sono pronta, qualunque cosa tu sia, ovunque tu sia. Sono Amy Curtis e devo tornare a casa...

Una strana sensazione mi lacera il petto, sembra rabbia. E mi muovo, nuoto a rana, credo. In alto, sopra di me, galleggia una luce bianca, proprio in cima al nero, come candida panna in un Irish coffee. Mi sto avvicinando e il nero si fonde con il blu, e il blu con un turchese intenso.

Ci sono i delfini qui? Ho sempre desiderato nuotare con i delfini...

L'acqua è calda adesso e il torace si sta rilassando dopo la fatica di nuotare con tanta energia. Con un piccolo sforzo in più posso affiorare in superficie e scorgere il sole...

Gli occhi si stanno abituando ai raggi sfolgoranti e all'aria, riesco a vedere...

«Oh mio Dio!» farfuglia Cassie fissandomi, con un pezzo di banana che le sporge dalla bocca aperta.

«Sembri più magra», vorrei dirle, ma non riesco perché ho qualcosa di duro in gola. Sollevo le dita della mano destra e la saluto, il che sembra sconvolgerla perché inizia a piangere.

«Ehi, piccola, che bello averti di nuovo qui», cantano i Furballs nel lettore CD che mia sorella stringe in grembo.

4

«ERA Barker», prorompe Cassie fra i singhiozzi. «L'ho registrato mentre abbaiava in modo che potessi sentirlo.»

Il mago con la tosse.

«E ti ho fatto ascoltare tutti i tuoi CD preferiti.»

Allora era Cassie l'angelo delle stelle che mi ha riportata indietro da un triste destino in un universo nero. Con un piccolo aiuto da parte di dottori e infermiere. «E mamma e papà», aggiunge mia sorella. Hanno fatto i turni per cambiarmi i tubi e svuotare i sacchetti dei miei rifiuti, accarezzarmi le mani e lavarmi il viso. Non posso immaginare quanto sia stato noioso, giorno e notte seduti vicino al mio letto, a scrutare il monitor in attesa di qualche cenno di movimento.

Sono rimasta in coma dieci giorni.

E d'un tratto la stanza è piena di gente. Mamma, papà, medici. E scorrono fiumi di lacrime. Il tubo che mi ha aiutata a respirare mi viene estratto dalla gola, che adesso è piuttosto secca e dolorante. I miei genitori mi abbracciano, ma non stanno ridendo come nella visione che ho avuto in quel posto buio. Entrambi sono grigi come fantasmi, e mamma non si è spazzolata i capelli. Papà è diventato un selvaggio e ha smesso di radersi. La barba punge quando mi bacia.

Continuo a ripetere che va tutto bene e che possono smettere di preoccuparsi perché ormai sono tornata fra loro.

Lui guarda il soffitto e mormora «grazie», perciò forse sta dando i numeri, a meno che non abbia scoperto una nuova religione che prevede la venerazione delle lampadine...

Quando affermo che sono tornata, non è del tutto vero. Mi sento come se fossi dentro una bolla e guardassi le cose succedere tutt'intorno. La realtà appare e scompare. Non reagisco come mi sarei aspettata. Il mio cervello e il mio cuore non sono ancora ben collegati. Vorrei fare un mucchio di domande, ma non riesco a trovare le parole.

I dottori dicono che è perché sono sotto shock.

«Era da un bel po' che non respiravi da sola», mi sussurra Cassie all'orecchio. «Il primario ha spiegato a mamma e papà che il tuo cervello era tumefatto e che forse saresti morta. Mamma ha replicato che si sbagliava, si è seduta accanto a te e ti ha parlato ininterrottamente per cinque giorni. Dicono che sei un miracolo.»

Grande, mamma.

Adesso la stanza si sta svuotando un po'. Mia sorella mi saluta dalla porta con la mano. O forse sono solo gli occhi che mi fanno qualche scherzo. Un'infermiera le tiene un braccio intorno alle spalle perché sembra un po' barcollante. Sono rimasti solo mia madre, mio padre e una donna con un camice bianco, lo chignon e gli occhiali con la montatura di metallo; la porta è chiusa e la bolla si sta rimpicciolendo. Mi si chiudono le palpebre. Devo restare sveglia. Se mi addormento potrei tornare in quella regione senza ritorno.

Mamma mi tiene la mano. Papà l'abbraccia. Mi sa che la notizia è brutta. Devo aver subito un trapianto. Mi hanno tolto il cuore. Per questo non sento niente... Ma il cuore dovrebbe continuare a battere comunque. Jack diceva così a Rose in *Titanic.*

La faccia di mio padre si sta corrugando, come quando canta al karaoke. Le lacrime trovano una via d'uscita e scorrono lungo le guance. Più le asciuga e più ne scendono. Il petto si solleva e si abbassa bruscamente. Non l'ho mai visto piangere. Ho gli occhi lucidi di compassione, anche se non so per quale motivo.

«...progressi significativi nelle protesi degli arti inferiori, che renderanno possibile camminare e condurre una vita normale.» La dottoressa mi sta parlando. Nessuna delle parole ha senso. Mia madre continua a stringermi la mano. La sua trema.

«Mi scusi, non capisco...» mi rivolgo alla dottoressa. (La mia voce sembra inspiegabilmente quella di Yoda.) A che serve blaterare se non afferro... «Che cosa mi è successo?»

La dottoressa guarda mamma, che si avvicina e con dolcezza mi libera la fronte dai capelli.

«Ti hanno investita mentre attraversavi», inizia a

raccontare, sempre accarezzandomi la testa. Ma non riesce ad aggiungere altro.

La dottoressa si toglie gli occhiali. Gli occhi scuri sono molto più belli senza. «È stato un brutto incidente, Amy», cerca di spiegarmi. «Sei una ragazza molto fortunata a essere qui, una ragazza molto forte. Nel cervello l'ematoma provocato dalla caduta sta reagendo bene alle cure. Purtroppo la gamba destra era gravemente compromessa dal ginocchio in giù, e non siamo riusciti a salvarla.»

Ho la nausea. Le parole mi ruotano in testa. Per la prima volta noto i teli sollevati in fondo al letto. Alzo il lenzuolo e guardo in basso. La gamba sinistra è livida e gonfia come una caramella gommosa alla liquirizia. Le dita del piede mi salutano allegramente come vecchie amiche. La gamba destra sembra finire dopo il ginocchio, che è corto e ispessito dalle fasciature. Batto le palpebre e guardo di nuovo. Non è un'illusione ottica. Manca una parte di me. Una parte fondamentale.

«Così non posso nuotare...» le parole mi si bloccano in gola.

Papà emette degli strani rumori singhiozzanti. Mi sento svenire.

Mamma intuisce che cosa sta per accadere ed è pronta con la padella proprio quando inizio a vomitare.

«Come...?» è tutto ciò che riesco a pronunciare prima di iniziare a tremare con violenza; la dottoressa mi fa una puntura nel braccio e tutt'a un tratto mi sento di nuovo calma e la stanza è piena di fiori e sto fluttuando in un cielo variopinto, mi capovolgo avanti e indietro al rallentatore. Ma in questo posto meraviglioso ho tutte e due le gambe. Le sento muoversi...

5

Ho aperto gli occhi. Sono nella stessa stanza di prima, solo che adesso è notte e l'unica luce proviene dal corridoio dell'ospedale e dai macchinari a cui sono collegata, che ogni tanto fanno *bip*. La mano destra mi fa male nel punto dove è infilato l'ago della flebo, che porta i liquidi al mio corpo disidratato.

Il torace si irrigidisce quando guardo il vuoto, dove una volta c'era, tutta intera, la mia gamba destra. Serro i pugni e voglio gridare. Non mi sono mai sentita così arrabbiata. Non ho detto che potevano prendersi la mia gamba, la mia povera gamba martoriata. Non le hanno nemmeno dato una chance. Dio, adesso scoppio in lacrime. Lo sento.

E c'è dell'altro, qualcosa che ho bisogno di sapere. È una domanda che non riesce bene a prendere forma nella mia mente. Riguarda Sophie...

«Mamma», sussurro.

Mamma è accanto a me, addormentata su una sedia. Dimostra quattordici anni, sembra piccola e vulnerabile. Ma è più tenace di tutti noi, anche se è alta appena un metro e sessanta. Una volta eravamo una cosa sola; sono passati molti anni da allora. Mi sento di nuovo parte di lei, avvolta nella forza del suo amore. Forse è l'ancora di salvezza che mi tiene in vita.

«Ehi», dice aprendo subito gli occhi. Allora faceva solo finta di dormire, casomai per sbaglio mi avesse lasciata andare.

«Quant'è che ho...» non riesco a finire la frase. Non so bene come continuare. Non ricordo il participio passato di «dormire». La mente è annebbiata. La voce roca. Sembro la Strega Cattiva dell'Ovest nel *Mago di Oz*.

«Otto ore circa», dice avvicinandosi al letto. «Vuoi bere qualcosa?»

«Un gin tonic», chiedo abbozzando un sorriso. La rabbia sta passando.

«Arriva subito», risponde, versando dell'acqua in un bicchiere e portandomelo alle labbra. Bevo un sorso e lo sento percorrere tutto il tragitto fino allo stomaco.

Vedo che sul comodino, accanto a vari biglietti d'auguri, c'è una foto incorniciata di Barker che morde una pallina all'estremità di una corda, il suo gioco preferito.

«Ti saluta con affetto», m'informa mia madre. «E vuole farti sapere che gli manchi molto.»

«L'ho sentito», sorrido. «In quel posto lontano.»

«Hai ripreso a respirare da sola quando Cassie ha messo su il CD di lui che abbaiava», racconta accarezzandomi i capelli.

«Mi ha aiutata a riprendermi», aggiungo stringendole la mano. Mi sento al sicuro adesso.

«La prima cosa utile che abbia mai fatto.» Cerca di sorridere, ma ha gli occhi umidi e arrossati.

«Spero che gli darai un grosso biscotto in premio.»

«Gli ho comprato un collare nuovo bianco e blu. È a dieta», risponde e ridiamo.

«Mi dispiace... per tutto questo», soggiungo e d'un tratto mi trema il labbro.

Mamma si siede sul letto e mi abbraccia cullandomi come faceva le prime volte che cadevo dalla bicicletta.

«Non devi dispiacerti di niente», mi dice e c'è della rabbia nella sua voce. «C'è già chi deve dispiacersi. Per il resto della sua vita. Ma tu sei la mia bella bambina che è tornata da me. E non devi mai, mai dispiacerti per questo.»

E la domanda sepolta nel mio inconscio mi affiora alle labbra prima che la mente possa proteggermi da una risposta crudele.

«Cos'è successo a Sophie?»

Mamma mi libera dall'abbraccio e si ricompone per parlare. Nella penombra vedo la sua bocca aprirsi, e poi richiudersi. Silenzio.

«Mamma? Voglio saperlo.»

«Sophie se n'è andata... per sempre.»

Abbasso la testa. Onde di dolore sfrecciano in ogni cellula del mio corpo. Qualcosa nel mio cervello urla: «No!» La mia amica mi ha lasciata per sempre. Le amiche del cuore dovrebbero fare tutto insieme...

Mia madre e io restiamo mute e immobili per un'eternità. Lei tiene lo sguardo fisso su di me, pronta a soccorrermi qualunque sia la reazione. Mi sento vuota, come una tela bianca, priva di colori. Dai macchinari giunge un *bip* per indicare che ci sono segni di vita. Da qualche parte, fuori nel corridoio, qualcuno spinge una barella con una ruota cigolante.

E d'un tratto il suono del metallo riempie le mie orecchie e il sole viene cancellato da un mostro nero che piomba su di noi e Sophie mi cade addosso e poi... il nulla. Ansimo e il corpo si irrigidisce per un istante mentre il ricordo mi scorre nelle vene. Mamma mi stringe forte le braccia.

«Adesso sei al sicuro, Amy. Sono qui», continua a ripetere, finché mi si calma il respiro. Sono in un bagno di sudore. Mamma inumidisce un fazzoletto con l'acqua della caraffa e me lo passa piano sulla fronte. Questa nuova perdita supera ogni dolore. Il mio corpo a brandelli trema producendo piccole onde, come uno specchio d'acqua turbato da un sasso appuntito.

Passano venti minuti. Sento i secondi pulsare nella testa. La ferita che ho in petto è così bruciante da impedirmi di parlare.

«Chi ha vinto gli ottocento metri?» è la prima domanda che riesco a pronunciare, insensata, improvvisa, pensando ai Giochi della Gioventù.

«Hanno annullato le gare», mi risponde calma. «Shirley ha invitato tutti al funerale di Sophie.»

Comincio a capire. La mia amica ha avuto il suo funerale mentre io ero incosciente. Non ero neppure lì a dirle addio.

«Indossava la sua tenuta da corsa, e anche le scarpe nuove», continua mia madre accarezzandomi la mano.

«La scuola ha deciso di intitolarle la coppa di atletica.»

Troppe informazioni, mamma. Ho la testa sovraccarica. Immagino Sophie in una bara con le sue stupide scarpe da corsa addosso. «Non ha nemmeno avuto l'occasione di usarle», commento amaramente.

Mia madre rovista nella borsetta. «Shirley mi ha chiesto di darti questo», dice tenendo qualcosa in mano. È una catenina con un ciondolo d'argento a forma di orso. Il portafortuna di Sophie. Ero con lei alle giostre il giorno in cui ha pescato una paperella e l'ha vinto. Lo indossa quando corre. Solo che evidentemente non porta molta fortuna.

Lo stringo nella mano e spero che in qualche modo mi riporti Sophie. È freddo, come un pezzetto di ghiaccio. E l'orso ha gli occhi fissi e vuoti. Ricambio lo sguardo. La storia degli orsi non la capisco. Sophie ne ha un mucchio, sistemati nella sua stanza, occhi vitrei, fissi, senza vita. «Oh, guarda», esclama sempre quando vede in vetrina un triste muso peloso. «Gli serve aiuto.» E cinque minuti dopo un altro orsetto inizia una nuova esistenza nelle mani di Sophie.

«Poi ti ridò i soldi», aggiunge tutte le volte.

«Sì, sì», rispondo.

E all'improvviso sono sopraffatta da qualcosa di inaspettato e sconosciuto: il senso di colpa.

«Avrei dovuto andarmene con lei. Le amiche del cuore rinunciano a tutto per la loro amicizia», sbotto; nella mia mente l'argine si rompe e l'acqua salata si riversa dagli occhi e dal naso. «Non avrei dovuto lasciarla andare da sola...»

Mamma mi avvolge. Avverto il profumo di lavanda del suo maglione. Con gli occhi chiusi contemplo ondulate distese viola scintillare nella luce del sole francese. E una bambina dai capelli d'angelo che corre in mezzo ai campi.

6

«Ehi, Amy», mi apostrofa papà con un sorriso di finta allegria. «Come butta?»

«Sopravvivo», rispondo sinceramente.

Mi bacia sulla fronte e si lascia cadere sulla sedia vicino a me. Indossa i jeans vecchi e la camicia color crema con le palme verdi. Dev'essere sabato.

«Ah», dice, frugando nella tasca dei jeans. «Messaggi da parte di Dan e della squadra. Appena te la senti vogliono venire a trovarti.»

Mi porge un foglio stropicciato con un mucchio di scritte in colori diversi. Le parole si confondono e formano dei motivi floreali davanti ai miei occhi.

«Come va la testa?» chiede con dolcezza.

«La sento strana», ammetto. «Come se fosse di qualcun altro.»

«Ti sei guardata allo specchio per accertarlo?» scherza. Non voglio guardarmi mai più allo specchio.

«Dico sempre la cosa sbagliata...» Papà si sfrega la faccia con le mani.

«È tutto a posto», cerco di rassicurarlo.

«Non ero con te», mormora, la voce rotta.

«Adesso ci sei. È questo che conta.»

Allungo una mano e lui la chiude nella sua stringendola forte.

«Non so perché succedano queste cose», si chiede scrutando il mio viso in cerca di una risposta che non c'è. E trova solo domande, che per lo più iniziano con: «Chissà se...?»

«Ti sto proprio tirando su il morale, eh?» sorride, gli occhi rossi di tristezza.

«Mi racconti una barzelletta?» gli chiedo, sapendo che ne conosce milioni, anche se le ho già sentite tutte. D'un tratto si illumina.

«Come si chiama il più famoso centometrista arabo?»

Questa è una delle mie preferite. È così stupida che finisco sempre stesa a terra, a tenermi la pancia dal ridere. Se solo riuscissi a ricordare come fa...

«Inizia con la 'D'», suggerisce incoraggiante.

«D, d, d...» E poi mi viene. «Dalìh Alàh!»

«E il ministro dei Trasporti cinese?»

Avanti, Amy, ingrana, dài...

«Ful Gon Cin», rispondo e ridiamo sollevati al pensiero che il mio cervello non abbia perso del tutto il senso dell'umorismo.

«Sei una ragazza grandiosa, Amy, lo sai questo, vero?» dice papà guardandomi negli occhi.

«Uhm», rispondo, con tutto l'ottimismo di cui sono capace. La verità è che sono in caduta libera e non so che fine faranno i pezzi al momento dell'atterraggio.

E adesso mio padre se ne va, deve passare a prendere del mordente per i mobili del giardino prima che il negozio chiuda. Le palme ondeggiano in una brezza tropicale e, prima che me ne renda conto, sto fissando l'interno delle palpebre mentre sprofondo in un silenzio nero.

È notte fonda. Devo essermi persa la visita di mamma perché c'è un suo biglietto con scritto: «Dormi sodo e ricorda che le lumache non mordono. Un baciotto», che è quello che mi diceva quando ero piccola e avevo paura del buio. Discutevamo se le lumache avessero i denti o no e mi dimenticavo della paura.

Vorrei che fosse qui adesso, ad abbracciarmi e raccontarmi come è andata la giornata e che cosa ha combinato Barker. Non mi dispiacerebbe nemmeno se arrivasse Cassie e iniziasse a lamentarsi dei problemi con il suo ultimo ragazzo. Qualsiasi cosa piuttosto di sentire il ronzio dei macchinari che controllano se la mia pressione sanguigna arriva alle stelle e mi fa esplodere in mille pezzi.

La mano sinistra mi fa male dove c'è l'ago della flebo. I liquidi e i sonniferi mi penetrano l'animo come ladri furtivi in scarpette da ballo, si sparpagliano per perlustrare e sbaragliare qualsiasi resistenza con forza silenziosa.

Basterebbe strapparli, tutti questi tubi. Almeno così il dolore sarebbe autentico, smetterei di pensare e inizierei a reagire. Sono inebetita, in un luogo surreale che sa di aghi di pino e cacca.

Per poco non morivo. Hanno detto così. Dovrei essere riconoscente, ottimista, felice. Ma sono in lutto, perché la Amy di un tempo se n'è andata per sempre. Il camion ha ucciso i suoi sogni e ha trasformato il suo cuore in pietra. Indosso un velo nero invisibile.

Mi hanno trascinata indietro dall'aldilà per abitare questo corpo interrotto e vivere da spettatrice, circondata da grida entusiaste e applausi fragorosi. La sola cosa che posso fare adesso è contemplare quel calmo, invitante, splendido mondo sottomarino dove il peso non esiste e la vita si misura in bolle... dove la resistenza plasma il movimento e lo trasforma in danza. E dove energia, pensieri, speranze e sogni fluttuano in una liquida assenza... Ho lasciato tutta me stessa laggiù, in quello spazio sotto la superficie.

Forse se il mio imbranato insegnante di fisica, il signor Jupitus, avesse ragione, ed esistesse un universo parallelo nel quale continuiamo a vivere la vita di un tempo, allora io sarei ancora lì: la Amy Curtis di appena qualche giorno fa, nel mio oceano perfetto, in qualche abisso più profondo del blu.

Gran parte di noi è convinta che al signor Jupitus manchi qualche elettrone, perciò la sua teoria non è di conforto in questo momento.

Così li odio, i dottori che mi hanno rappezzata, quelli che passano di qui e mi dicono che avrò una «vita normale», le infermiere che tutto il giorno mi sorridono con dolcezza. Odio Cassie per avermi raggiunta nella mia oscurità e avermi ripescata, un pesce strambo su una spiaggia straniera, con l'amo che gli lacera la bocca spalancata. Odio mamma e papà per essere stati egoisti e avermi voluta indietro a ogni costo solo per poter continuare ad amarmi.

Mi odio perché sono piena di odio. Se non lo fossi sarebbe più facile.

Mia madre ha lasciato il cardigan sulla sedia, quello color ciliegia con l'orlo ondulato. Riesco a prenderlo. Mi copro la faccia e respiro profondamente. Odora di ammorbidente alla lavanda e del suo profumo.

Potrei far smettere questo dolore per sempre.

Potrei attorcigliarmi le maniche intorno al collo e legarle alla testiera di metallo del letto. Basterebbe che mi piegassi in avanti. Come quel gioco in cui attraversando un tunnel si trattiene il fiato il più possibile. Nulla da temere. Si può smettere di giocare quando si vuole.

Le maniche sono soffici sulla pelle. L'etichetta dice che il cardigan è un misto di angora e lana. Papà non potrebbe mai indossare una cosa simile, troppo prurito. A mamma piacciono le fibre naturali. Non c'è da stupirsi.

Leggendo un libro sulla vela, mio padre mi ha insegnato a fare i nodi. Con una mano sola non è facile, però. A dire il vero è quasi impossibile. Per lo sforzo, sopra gli occhi mi si formano delle goccioline di sudore. Bene. Un altro giro sotto, intorno e dietro. Ci sono. Faccio una prova veloce solo per vedere se è in grado di reggere il mio peso. Abbasso il collo e lo appoggio nel cardigan. Mi sento cullata. È come essere a casa.

Oddio, una delle maniche si è sciolta. C'è un'altra possibilità. Avvolgerle direttamente intorno al collo e tirare.

Ci si può togliere la vita se c'è una vita da togliere. *Scusa mamma. So che ami questo cardigan...*

«Amy, hai freddo?» La caposala Beresford, una donna bassa e grassottella dalla faccia tonda e sincera, d'un tratto è vicino al mio letto e mi ficca un termometro in bocca. Si direbbe preoccupata. Devo sembrare un coniglio abbagliato dai fari. Mi prende il polso e mi fissa.

Il termometro segna trentanove. Devo aver sognato di nuovo...

«Stai sudando», sospira. «Ti porto del ghiaccio e vedo se possiamo aumentare le dosi dei medicinali.» Mi prende il cardigan dalle mani e lo piega bene sulla sedia accanto alla porta poggiandovi la mano più del necessario.

«È un rosa meraviglioso», mormora piano. «Come un tramonto d'inverno.»

7

«CI sono tre cose che devi sapere sul Club degli Amputati», sentenzia una voce sicura di sé alla mia destra. «Uno: tutti pensano che hai perso le facoltà mentali e ti parlano molto lentamente. Due: cercano di non ridere in tua presenza casomai ti arrabbiassi con loro perché non sono monchi. Tre: per Natale nessuno ti comprerà una gonna o un paio di pantaloncini.»

Apro gli occhi e vedo un reparto pieno di bambini grandi e piccoli in letti ordinati e, sulla parete di fronte, un lungo murale con un'ape sorridente che vola su un campo di girasoli dalle facce raggianti rivolte al cielo. In un arcobaleno sono dipinte le parole REPARTO GIRASOLE. Nella notte devono avermi spostata dalla mia stanzetta.

«Sei sorda o cosa?» continua la voce, un po' seccata. Mi volto e vedo un ragazzo magro di circa quattordici anni con il viso e le labbra pallide, e gli occhi scuri dalle lunghe ciglia. Indossa un pigiama a scacchi due misure più grande e un cappello di pelliccia di procione alla Davy Crockett.

«Parli con me?» chiedo, fissando la coda a righe marroni dietro il suo collo.

«Ralph.» Sorride.

«Ciao, Ralph», faccio io distaccata.

«No, il cappello è Ralph. Io sono Harry. Harry Higgins.»

«Amy Curtis.» Sembra che Harry voglia stringermi la mano, ma i nostri letti sono troppo lontani.

«Non fare amicizia con questo ragazzaccio», mi avvisa una voce profonda dalle parti del mio piede sinistro. Una donnina pelle e ossa con i capelli neri raccolti in una treccia allentata e gli occhi grandi da cerbiatto mi osserva con simpatia. Ha un grembiule di plastica e lo scopettone fra le mani.

«Sei bellissima stamattina, Isabella», dice Harry.

La donna arrossisce. «Sfacciato di un Harry Higgins», replica scuotendo il manico della scopa verso di lui. «Harry» suona come «Heeee-ri», è quasi musicale. «Se ti dà problemi, chiama Isabella», fa lei, prima di tornare al lavoro, pulendo ritmicamente fra i letti, con l'aria di essere determinata a debellare tutti i germi.

«È divertente punzecchiare Isabella», sussurra Harry. «Viene da Barcellona. E ha promesso di insegnarmi il tango...»

Sento che questo ragazzo comincia a piacermi. Vedo due gambe finte che stanno sull'attenti dall'altra parte del suo letto.

Harry segue il mio sguardo. «Un tocco di chirurgia estetica. Le mie gambe erano degli affarini sottosviluppati, così le ho barattate con un paio nuovo.» Sorride svelando due file di piccoli denti perfetti.

«In realtà cos'è successo?» chiedo senza rendermene conto. «Scusa», aggiungo in fretta, «forse non vuoi...»

«Ho preso la meningite, quella cosa al cervello, e il sangue è diventato strano e infetto. Non sono riusciti a salvarmi le gambe.»

«È orribile», mormoro mentre avrei voluto dire qualcosa che non suonasse così patetico.

«C'è di buono che dagli esami hanno scoperto un affare grosso come un'arancia che mi cresce nella spina dorsale e se non avessi avuto il problema al cervello, non avrebbero mai saputo di Trevor.»

«Trevor?»

«Il mio tumore. È così che lo chiamo. I ricercatori svedesi dicono che se parli con il tuo tumore, puoi farlo sparire. Credono molto nella forza del pensiero positivo.»

«Vivi in ospedale?» chiedo mentre mi passano per la testa un mucchio di domande.

«Nah. Sono qui solo di passaggio per i medicinali gratuiti e la vita sociale.» Harry strizza l'occhio. «Mi piace tenerli sul chi vive. Certi giorni i miei esami del sangue vanno bene e posso fare la chemio, quella roba che ti pompano dentro per uccidere le cellule tumorali. Certi altri invece no. La caposala Beresford è segretamente convinta che voglia solo attirare l'attenzione, anche se inclina sempre la testa e mi dice che sono 'adorabile'.»

Dischiudo le labbra, ma le parole non escono.

Harry avverte il mio disagio e indica la rivista che tiene aperta in grembo. «La macchina dei miei sogni.» Solleva le pagine spesse e lucide che mostrano una modernissima sedia a rotelle. «Intrippante, non trovi?»

«Intrippante?»

«Mitica. Fighissima... Come l'infermiera Emmerson.» Harry indica in fondo al reparto un'infermiera carina, dalle gambe lunghe. «E come lui.» Accenna alla foto di Barker sul mio comodino.

«Deve costare un sacco», esclamo, impressionata dall'acciaio scintillante, dalle solide maniglie e dalla forma aerodinamica. Mi rendo conto di non aver mai guardato attentamente una sedia a rotelle.

«Se tutto va bene non mi servirà per molto. Non dopo che avrò finito la chemio. Poi mi comprerò una Porsche.» Harry mi sorride.

«Già, giusto», convengo. «Anche se forse un elicottero sarebbe meglio.»

«Che scemenza. Parcheggiarlo sarebbe un incubo.»

«Harry, ti toglieranno il tumore?» Non riesco a credere di avergli appena chiesto una cosa simile. Mi merito qualche brutta parola...

«È troppo vicino al cuore... troppo pericoloso», risponde semplicemente. «Stiamo lavorando per rimpicciolire Trevor e annientarlo come in *Guerre stellari.*» Harry simula una scena di lotta con una finta spada luminosa. «La Forza è con me.»

Annuisco, non voglio ricordargli che la spada luminosa non è bastata a proteggere Obi-Wan Kenobi.

«Be', a te invece cosa è capitato?» chiede Harry con leggerezza, sempre guardando la sua macchina intrippante.

Non so da che parte iniziare.

Davanti al mio letto sta passando un ragazzino biondo con gli occhiali, i jeans sporchi e una felpa; spinge un sostegno a ruote con appeso un sacchetto di liquido. Il sacchetto è attaccato alla sua mano per mezzo di un tubo trasparente.

«Ranocchietto! Ce l'hai fatta!» grida Harry battendo le mani. Il bambino fa un sorriso sdentato.

«Graddie a Ddio va duddo bbede, Harry», biascica arrossendo, e intanto avanza malfermo ma deciso, pulendosi il naso gocciolante nella manica.

«Polmonite», mormora Harry. «Suo padre l'ha fatto dormire nella cuccia del cane. Adesso ha una famiglia adottiva.»

Ascolto e mi chiedo quanti degli altri dodici bambini del Reparto Girasole hanno storie terribili da raccontare. Harry mi guarda fisso con le sopracciglia inarcate.

Finora non l'ho mai detto a voce alta. «Ho perso la gamba destra.» Non è poi così male.

«Qualche dettaglio?» chiede lui in un sussurro.

«Strisce pedonali.»

«Macchina?» insiste.

«Camion.»

«Ohi.»

«Già.»

«Sei ancora qui, però.» E subito dopo aggiunge: «Siamo dei sopravvissuti, tu e io».

«La mia amica Sophie...» non riesco a finire la frase. Ho un nodo in gola.

Harry capisce al volo e si avvicina al cassetto del suo comodino; fruga dentro impaziente. Tira fuori una confezione di cioccolatini assortiti e me ne lancia cinque, uno dietro l'altro.

«Mangiali subito. È un ordine. Hai un calo di zuccheri.»

Scarto riluttante un cioccolatino al caramello e lo metto in bocca. La testa mi dice che non è il momento di concedersi piaceri egoisti, ma la lingua reagisce all'istante, senza darle retta.

Harry mi guarda attentamente. «Bene», commenta soddisfatto. «Molto bene.»

Giro i pollici all'insù e continuo a masticare.

«Come dicevo», riprende lui, «quando mi stavi ignorando, ci sono tre cose che devi sapere su questo nostro club esclusivo...»

8

«COME ti senti oggi, Amy?» chiede l'infermiera Emmerson che mi sta controllando le fasciature. Delle tendine bianche ci separano dal resto del reparto.

«Bene», rispondo. «Un po' assonnata.»

«Sono gli antidolorifici», m'informa con dolcezza nel suo leggero accento scozzese. «A proposito, tua mamma è qui.»

In verità mamma è fuori, nel giardino dell'ospedale, battezzato da Harry «Gnomolandia» per via di quel disgustoso gnomo sogghignante con una canna da pesca blu in mano puntata in direzione del laghetto prosciugato. Sta fumando una sigaretta. Mi ha chiesto di non dire a papà del suo ritorno «all'erbaccia malefica». Sto imparando un mucchio di cose al Reparto Girasole, e non solo riguardo ai segreti fra genitori.

Mi sto rendendo conto che guardare la televisione tutto il giorno è l'occupazione più noiosa del pianeta e che giocare a battaglia navale con Harry, che è uno stratega eccezionale, sta rapidamente diventando l'evento più interessante della giornata.

So che tenere a bada il dolore è indispensabile per non perdere la salute mentale. Ho paura di addormentarmi e non svegliarmi più. E comincio a capire che contare gli acini d'uva nel portafrutta può impedirmi di essere risucchiata in quella zona oscura della mente dove si annida, come in uno stagno, un mostro nero che aspetta solo di annegarmi.

Ha un nome, questo mostro. Si chiama disperazione.

«Quando hai finito qui, puoi passare dal letto otto, Sally?» chiede la caposala Beresford infilando la faccia tonda e radiosa in una fessura tra le tende. «Un problemino con la padella. Il fratello di Rupert gli ha portato dei girini, e indovina dove ha pensato di tenerli?» Alza gli occhi al soffitto. «Gli ho detto che possono rimanere nel mio ufficio finché non starà abbastanza bene per metterli nel laghetto dell'ospedale. Ti dispiace pensarci tu?»

L'infermiera Emmerson fa una smorfia e poi borbotta: «Odio le rane».

«Le hai già raccontato dell'Everest, Sally?» grida Harry dietro il divisorio.

«Zitto, Higgins», ribatte lei sorridendo con le labbra rosa di rossetto.

«È una politica dell'ospedale chiamata 'Pensiero Positivo per gli Amputati' e consiste nel raccontarti che un pazzo di nome Tom Whittaker ha scalato una vetta con il piede destro posticcio. E ce n'è un altro, tale Ashley Akers, che ha corso la maratona di Londra un anno dopo aver perso la gamba nell'esplosione di una mina. Perciò, Amy, che ne dici se noi due diventassimo i prossimi prodigi senza gambe del paracadutismo acrobatico?»

«Ci faccio un pensierino», rispondo.

«Potrebbe essere... avvincente.» Harry fa degli insoliti versi da rana.

«Ah ah», replico noncurante.

«Oh no», sento che si lamenta, mentre una voce acuta in fondo al reparto grida: «Ehilà!» Diverse paia di piedi sembrano confluire intorno al suo letto.

«E levatevi, svitate», protesta Harry. «Cosa stai mangiando, Sorcha? Puzza.»

«Una barretta proteica», risponde una vocina.

«Ti ho detto che fanno male. Hanno dentro un mucchio di schifezze.»

«Scusa, Harry.»

«Ciao, Patatino, tesoro mio», esclama la voce acuta e concitata. E poi sento lo schiocco di due svenevoli baci su un paio di guance impreparate.

«Mamma, per favore...»

L'infermiera Emmerson mi sorride e avvolge una fasciatura nuova intorno al mio ginocchio, che sembra un grosso pallone.

«Patatino?» sussurro, grata ai visitatori di Harry per aver movimentato la giornata.

«Bene. Ecco fatto», annuncia l'infermiera Emmerson scostando con delicatezza le tendine bianche. Mi si presentano cinque paia d'occhi, compresi quelli di Harry, che sembrano esasperati. Una delle sue tre sorelle ha preso Ralph e se l'è messo in testa al contrario. Resto scioccata alla vista di Harry senza capelli, a parte qualche ciuffo castano. Ha il segno del rossetto proprio sulla sommità del cranio.

«Oooh, ciao», mi saluta sua madre. «Sei nuova.»

«Questa è Amy, mamma», mi presenta subito

Harry, nel tentativo di scoraggiarla dal dire qualcosa di imbarazzante.

«Ciao», sorrido a tutte e prendo le cuffie.

«Vuoi un po' di barretta?» mi chiede una delle bambine offrendomene l'estremità morsicata. Le sorelle di Harry, due gemelle dai capelli castani di otto anni e una bambina bionda di dieci, sono sedute sul suo letto e gli parlano tutte insieme.

«Zitte, razza di rompiscatole», intima lui serio e loro ubbidiscono con i visi abbronzati pieni di rispetto e timore reverenziale.

La signora Higgins non è affatto come l'avevo immaginata. Sembra una modella, con grandi occhi azzurri e capelli biondi ondulati. Mi accorgo che gli infermieri la stanno fissando, probabilmente perché indossa la minigonna e i tacchi a spillo. Non sembra che abbia molti più anni di mia sorella Cassie.

«Harry, mi è arrivata una lettera da quelli delle tasse. Dovresti farmi il favore di guardarla. Non ci capisco niente, e sì che l'ho letta dieci volte... Gliel'ho detto per telefono che la danza del ventre era solo occasionale, non part-time...»

«La leggerò dopo, mamma. Non preoccuparti.»

«Sei un ragazzo così bravo», lo vezzeggia sua madre con voce affettuosa, sbattendo le ciglia lunghe e dandogli un altro bacio, stavolta sulla fronte. «È il primo della classe in tutte le materie», si vanta orgogliosa. «E io che non sono nemmeno capace di leggere una lettera come si deve.»

«Mamma ha la dislessicosi», salta fuori una delle gemelle con voce stridula.

«Ho un cervello stupido che confonde le cose. Ma

Harry mi ha sempre aiutata, anche da piccolo. Continuo a dirgli che un giorno diventerà primo ministro.» Pizzica con affetto la guancia pallida del figlio. «Come farei senza di te, Patatino?»

Harry mi lancia un'occhiata eloquente. *Genitori. Ma come si fa?*

«Va bene, che c'è di tanto divertente?» chiede quando la sua famiglia esce in gruppo dal Reparto Girasole per andare in cerca di gelati.

«Niente, Patatino», sogghigno senza guardarlo.

«Usare quel nome in pubblico è un reato punibile per legge.»

«Oh, che paura», replico fingendo di tremare sotto le coperte.

«Pena una vendetta di quelle crudeli», mi avvisa Harry.

«Be'? Sto aspettando.»

«L'hai voluto tu. Amy Scemi.»

«Pata Pata Patatino.»

«Amy Amy Scemi.»

«Non hai mai detto di avere delle sorelle», osservo mentre sfoglio con distacco la mia rivista con un campione di lucidalabbra appiccicato davanti.

Lui non risponde. Quando lo guardo ha gli occhi chiusi e le mani congiunte sul petto, come se fosse morto.

«Molto divertente, Higgins.» Sospiro. Nessuna risposta. «Non me la bevo.» Ancora nessun segno. «Conto fino a dieci e poi chiamo la caposala», lo avviso. L'occhio sinistro si apre lentamente e mi fissa.

«È l'SSF. Va e viene...» sussurra.

Poverino. Non basta tutto quanto, ha pure qualche altra strana malattia. La vita è così ingiusta.

«Che cos'è?» chiedo.

«Sindrome da Sovraccarico Famigliare.»

Gli tiro addosso la rivista. «Sei un rompiscatole. Ma le tue sorelle sono simpatiche.»

«E tu che ne sai di sorelle?»

«Ne ho una. Più grande. Presto la conoscerai.»

Harry sembra sorpreso. «Credevo che fossi figlia unica.»

«Perché?»

«Per come ti guarda tuo padre.»

«Cosa vuoi dire?»

«Quando viene qui al mattino.»

«Ma di che stai parlando?» Harry tira fuori cose insensate. Papà viene solo di sera, dopo il lavoro, a eccezione dei weekend.

«Tu dormi ancora. Si siede e non fa che guardarti. Se ne va prima di colazione.»

«Te lo stai inventando.» Adesso mi arrabbio.

«Chiedi alla caposala.»

«Senz'altro», dico brusca.

«Fai pure.» E con questo Harry si gira dall'altra parte e finge di addormentarsi.

Se lui ha ragione, perché mio padre lo fa? Perché non viene quando sono sveglia, con un sacchetto di croissant caldi al cioccolato? Perché mai dovrebbe starsene qui seduto e basta? A che pro? Mamma lo sa che viene? Dovrei chiederglielo? Quante domande. E nessuna risposta. Tranne...

Con ogni fibra del mio corpo vorrei che fosse vero.

9

CINQUE e trentacinque del mattino. Tutto tace nel reparto, se non fosse per uno strano fischio che proviene dalle narici di Ranocchietto, quattro letti più in là. La caposala è nel suo ufficio che parla a voce bassa, al telefono.

La luce dell'alba filtra dalle tende con i girasoli tingendo il reparto di un giallo caldo, come se fossimo delle caramelle dai gusti assortiti avvolte nel cellophane.

I corvi sono svegli e gracchiano rumorosamente fra gli alberi. Proteggono i loro piccoli mentre imparano a spiccare il volo...

Se hanno un cucciolo disabile, che non può volare, che cosa fanno? Gli danno da mangiare e lo allevano lo stesso, o lo abbandonano e lo lasciano morire di fame, sapendo che non riuscirà a sopravvivere da solo?

Non è ancora arrivato. Scommetto che Harry soffre di allucinazioni.

Sono rimasta sveglia quasi tutta la notte per vederlo. È come aspettare Babbo Natale. Vuoi sentire le campanelle della slitta e il sonaglio del cappello. Lo desideri tanto che per poco gli occhi non ti schizzano fuori dalle orbite. Ma non osi guardare la magia all'opera, casomai svanisca, una volta scoperta.

È da cinque anni che non credo più a Babbo Natale. Un bambino con la testa rasata di nome Sean disse a tutta la classe che la faccenda di Babbo Natale era una balla perché aveva visto suo padre disegnare le impronte di fuliggine vicino al camino, mangiare i dolcetti di frutta secca e scolarsi il brandy. E quando aveva abbracciato la madre dicendo «Oh, oh, oh!» un cuscino gli era caduto fuori dal vestito rosso.

Avevo già dei sospetti, perché noi non abbiamo il camino eppure in qualche modo, ogni anno, Babbo Natale riusciva a entrare dai doppi vetri senza far rumore e lasciava le impronte di neve sullo zerbino davanti all'ingresso anche quando non nevicava. Cassie aveva assaggiato quella cosa bianca e secondo lei sapeva di gesso. Bah. Uno li vorrebbe pure assecondare, i genitori. Ma certe volte esagerano proprio.

Cinque e cinquanta. Ranocchietto schiocca le labbra. Osceno.

Una brezza leggera mi solletica i peli sulle braccia e mi fa venire un brivido lungo la schiena. Quando guardo da dove proviene, vedo che le tende dietro il letto di Harry si gonfiano in basso, come una crinolina vittoriana. L'aria entra furtiva da sotto i veli, un'energia invisibile ci sfiora con la leggerezza delle farfalle che si posano sui fiori. È piacevole sentirne la freschezza dopo il caldo della notte.

Provo a contare i pallini di pelle d'oca che mi sono comparsi sulle braccia. È stupido e inutile, ma quando mi fisso su una cosa devo arrivare fino in fondo. È una mia caratteristica. *Quattrocentonovantadue, quattrocentonovantatré*... sbadiglio e conto.

E adesso è buio pesto, ma una luce bianca brilla in lontananza e per terra il biancore illumina una griglia gigante del gioco della campana. Sono nel primo riquadro e mi reggo sulla gamba buona. Lontano, forse una cinquantina di metri, vedo una figura che salta su e giù e mi saluta. Mi sembra una ragazza dai capelli lunghi, ma la luce è così accecante che fatico a distinguerla. C'è qualcosa di familiare nel suo modo di salutare però, il gesto assomiglia a un mulino a vento impazzito. Proprio quando voglio gridare mi si stringe la gola. Devo avvicinarmi, ma questo significa saltare sui riquadri e come faccio con una gamba sola?

Sophie? Sei tu? Non riesco a venire da te, anche se lo desidero tanto. Soph, mi senti?

Ma adesso qualcuno mi prende per mano e mi allontana dal gioco. Guardo indietro, oltre la spalla. La luce sta sparendo e così pure la figura che salutava. Il panico cresce dentro di me.

«Aspetta!» grido.

«Amy», mi chiama una voce dolce e profonda. Apro gli occhi.

È qui.

Mi metto a sedere e gli getto le braccia al collo, lo stringo forte, come se fossimo su un gommone di salvataggio nel mare in tempesta.

«Sognavi di nuovo», mormora accarezzandomi i capelli, che sento umidi sulle guance. La sua calma placa il battito accelerato del mio cuore. Finalmente lo lascio andare. Si siede sulla sedia vicino al letto e mi prende la mano. È vestito per andare al lavoro, indossa la giacca e la camicia color crema. Niente cravatta. Sarà in tasca. Continua a non farsi la barba e assomiglia un po' a George Clooney nella *Tempesta perfetta*.

Ha le borse sotto gli occhi, grandi abbastanza da metterci la spesa, come direbbe mamma. Lo fanno sembrare selvaggio e affascinante.

«Harry diceva che saresti venuto.» Sorrido.

«Già, be', sai com'è stare a casa al mattino. L'unica compagnia è Cassie il Mostro Bisbetico e quella nuova compilation di musica new age che mamma usa per il suo saluto al sole.» Mentre parla alza le braccia in segno di omaggio. Ridacchio.

«Allora venire qui...»

«È un po' un sollievo», dichiara. Mi tiene ancora la mano, attento a non toccare il tubo e l'ago.

«Ma non è il posto migliore dove fare colazione», insinuo, sperando che ogni tanto papà sia sincero con me.

«Quando eri piccola ti guardavo spesso mentre dormivi», mi rivela infine, come se mi avesse letto nel pensiero. «Se avevo un problema di lavoro e dovevo chiarire le cose fra me e me, vederti respirare, sognare e chiudere le piccole dita nei pugni, in qualche modo ridava senso alle cose. Ti immaginavo crescere davanti ai miei occhi, come un progetto magicamente studiato, perfetto...»

Adesso fissa il letto. Vorrei che mi dicesse che guardarmi dà ancora un senso alle cose. Anche se non sono più perfetta. Ma non dice niente. Si limita a stringermi la mano più forte.

Quando scopri la verità su Babbo Natale, accade

una cosa altrettanto sconcertante. Ti rendi conto di non essere più un bambino, ma una persona che sa che le renne non volano. Perciò d'ora in avanti non guarderai mai più verso il cielo con il cuore che palpita tra le costole sperando di scorgere la polvere scintillante della slitta. Da qualche parte in fondo all'anima, una porta si chiude.

Ecco, questo momento è uguale. E lo sentiamo tutti e due, papà e io. La porta non si è soltanto chiusa. Si è chiusa sbattendo.

10

«Ti pizzica, Scemi?» grida Harry alludendo alla gamba.

Ho su le cuffie, sto ascoltando la classifica dei dischi più venduti.

«Le mie pulsano. Dev'essere il caldo...»

Ieri Harry non ha parlato proprio. In compenso ha vomitato l'anima. Dice che è normale dopo molta chemioterapia. La sta facendo per tutta la settimana, poi la sospende quindici giorni per potersi riprendere. Credo che siano preoccupati per lui, perché l'infermiera Emmerson continua a misurargli la febbre e gli hanno messo la flebo. È bianco come un fantasma.

Stamattina Cassie gli ha detto che quest'anno non avrà bisogno di travestirsi per Halloween. «Allora siamo in due», ha risposto lui, ma direi che non aveva il suo solito spirito combattivo. Ha solo borbottato qualcosa a proposito della mia loffia sorella. «Loffio» nel gergo di Harry è il contrario di «intrippante».

«Allora, chi c'è al primo posto?» chiede, con gli occhi chiusi.

«Non so. I Vomit Monkeys sono al sesto», rispondo.

«Credi che mi concederebbero un'audizione? Sono un talento naturale», sospira.

«Da te avrebbero da imparare, Patatino.» Gli sorrido.

«Grazie», dice schiudendo un occhio e fissandomi. «Ormai potrei definirmi un professionista. Come stai oggi, Scemi?»

Non ho il tempo di rispondere. Mamma è ai piedi del letto che brandisce una sedia a rotelle. L'infermiera Emmerson arriva ad aiutarla. È una vera seccatura con l'ago della flebo nella mano. Prima bisogna staccarlo ed ecco che mi sento svenire. E barcollo. Vorrei appoggiare il piede destro per bilanciarmi. Il che, naturalmente, è impossibile.

«A dopo», mi saluta Harry mentre mia madre mi spinge via in carrozzella.

Direi che non le piace molto. Pensa che abbia un'influenza negativa da quando la caposala Beresford le ha accennato della nostra gara di tiri con gli elastici che ha fatto cadere un intero vassoio di campioni di urina dalle mani dell'infermiera Emmerson. Non mi importa. Io e Harry siamo due anime gemelle. Compiamo gli anni a pochi giorni di distanza. Anche se lui è Ariete (un caprone irruente) e io sono Toro (un bovino cocciuto). Secondo lui, astrologicamente parlando, siamo un «disastro».

Seguiamo le indicazioni per il reparto protesi e dopo cinque minuti di tragitto una donna rotondetta e sorridente di nome Pam mi dice che sono attesa. Le protesi sono parti del corpo finte, e mamma mi spinge davanti a una stanza con le pareti a vetri dove delle persone sono impegnate a costruire protesi sui tavoli da lavoro. Sembra la grotta di Babbo Natale, se non fosse che i doni che creano con tanta cura non sono belle bambole o orsacchiotti, ma braccia, gambe, mani e piedi di ogni tipo.

«Che ne dici di camminare oggi, Amy?» mi chiede un ragazzo basso con una massa disordinata di capelli biondi. «A proposito, sono Ed. Il tuo protesista personale. Ti costruirò una gamba nuova.» Osserva il mio moncone, lo misura con un metro e scrive le cifre sul suo bloc notes. «Per oggi ne avrai una provvisoria, così puoi sbarazzarti di stampelle e carrozzella. Ti piace l'idea?»

Ha parlato troppo. Sono a malapena scesa dal letto. Gli occhi cominciano a riempirsi di sciocche lacrime. Guardo mamma in preda al panico, che d'istinto fruga nella borsa in cerca delle mentine, la sua risposta a tutto: litigi, incidenti, traumi, felicità, noia e olocausto nucleare.

«Qualcuno vuole una mentina?» chiede ficcandomene subito una in bocca con la carta e tutto. Come per magia, il mentolo ricaccia le lacrime pungenti.

«Sono diabetico. Devo stare alla larga dalle caramelle», ci informa Ed, «anche se ne ho un pacchetto al limone per le occasioni speciali. Ma è un segreto. Non ditelo alla mia ragazza o me le ruberà.»

Lo guardo sotto una luce nuova. Cosa c'è di peggio di una vita basata sul razionamento dei dolci?

Ed scompare nella grotta di Babbo Natale e torna con mezza gamba sotto il braccio. È ridicolo. Non posso fare a meno di ridere. Mamma succhia a più non posso la mentina mentre Ed mi fa vedere come allacciare le cinghie intorno al ginocchio per trattenere la gamba. Le mie dita armeggiano goffamente con le fibbie.

«Fai un bel respiro», mi esorta lui, afferrandomi le mani e aiutandomi a scendere dalla sedia.

Sono in piedi e cerco di non appoggiare il peso sulla gamba nuova. È una sensazione strana. Mi dà un paio di stampelle e mi chiede di fare qualche passo. Il primo mi provoca una fitta che dal moncone sale dritta alla spina dorsale.

«Bravissima, Amy», mi incoraggia.

Mamma finge di soffiarsi il naso. Lo so che sta piangendo.

«Fa male», mi arrendo desolata.

«La gamba nuova sarà molto più comoda», mi rassicura Ed. «Dopo un po' non ti sembrerà nemmeno di averla.»

Buone speranze. Realizzare che camminerò per sempre come un clown del circo mi porta a bloccarmi del tutto.

«Non ce la faccio», mormoro a testa bassa. Sento le spalle sollevarsi senza volerlo e le lacrime piovono copiose dalle guance. Mamma è al mio fianco, mi sostiene proprio mentre le gambe cedono e crollo. Ed mi aiuta a tornare sulla sedia a rotelle e mi stringe le mani.

«È stato un inizio eccezionale», insiste. «Con la pratica diventerai ogni giorno più forte. Quando tutto il gonfiore se ne sarà andato, potrò farti un calco in gesso e iniziare a plasmare la tua gamba nuova.»

Ho le stampelle in grembo; mamma mi spinge oltre la grotta, attraverso la reception e nel lungo corridoio che sa di disinfettante. Restiamo entrambe in silenzio, perse nei nostri pensieri.

Sei lì, Sophie? Hai visto che cosa sono diventata?

Testolina chiama Amy, testolina chiama Amy. Allarme, allarme. Non sei quella che eri. Hai mezza gamba in meno e adesso sei una storpia (non si può dire, non è politicamente corretto) o meglio, una persona ufficialmente disabile che può scordarsi le medaglie d'oro alle Olimpiadi a meno che non si alleni per la gara del saltello, ma non sono sicura che sia riconosciuto come sport olimpico. Quanto al nuoto, be', se le piscine fossero circolari te la caveresti, visto che sai solo girare in tondo. Fine orribile di una promettente carriera, ma che vuoi farci. Un'ultima cosa: gli amputati spesso sentono dolore all'arto mancante. Non vuol dire che stai impazzendo, ma solo che il cervello ha qualche problema con le parti del corpo che spariscono. Passo e chiudo.

11

Ci siamo tutti; tutti i bambini del Reparto Girasole, salvo la ragazza indiana che è arrivata tardi ieri notte dopo aver ingoiato una pallina da golf. A detta della caposala è un «giorno molto speciale». Oggi finalmente sgombrerà l'ufficio da quelle «maledette rane». Rupert sta per liberarle nel laghetto rimesso a nuovo da poco nel giardino dell'ospedale. Da girini hanno già sperimentato la vita in una padella piena d'acqua e poi in un'incubatrice. Devono essere una settantina, sembrano minuscole biglie nere con le zampe.

«Fai piano, Rupert», lo esorta la caposala quando inizia a rovesciare una pioggia di rane sui gigli nuovi nel laghetto. Il suo sorriso è così largo che sembra poggiare sul collare ortopedico. Sembra lo Stregatto di *Alice nel paese delle meraviglie*. Suo fratello maggiore, Mark, scatta delle foto digitali, soprattutto alle rane.

«Spettacolo!» esulta Rupert, facendo cadere con un *plof* l'ultima creatura dal suo santuario di vetro.

Questa scena l'ho già vista nei miei sogni. Sono una rana, tocco la superficie dell'acqua per la prima volta, scendo nell'oscurità, vedo la luce attenuarsi. Fa molto freddo e quando cerco di spingere con le gambe non succede niente...

«Amy, stai bene?» chiede Harry, con cui divido una piccola panca di legno. Ha della glassa verde sul labbro per via della torta a forma di rana che la mamma di Rupert ci ha portato per l'occasione.

«Sì», rispondo. «Mi sento solo un po' strana.»

«Ma certo, lo sei.» Sorride.

«Si trasformano in principi azzurri?» chiede Jasmine, la sorella minore di Rupert, che ha quattro anni e i capelli rossi e ricci. Ha imprigionato una rana nella mano e sta cercando di leccarla.

«Solo nei film, cara», sospira la caposala. «Torniamo in reparto adesso, tutti quanti.»

E battendo le mani la signora Beresford accompagna la piccola folla di bambini, infermiere e qualche genitore all'uscita di Gnomolandia. Passando strizza l'occhio a me e a Harry e d'un tratto restiamo soli.

«Torta loffia.» Fa una smorfia pulendosi la bocca. «Hai fatto bene a risparmiartela.»

«Non mangio torte quando mi...» mi blocco e mi accorgo di quello che sto per dire. La dieta dell'allenamento non permette quasi mai gratificazioni in dolci, e mia madre ha bandito la glassa per via delle carie ai denti, tranne per i compleanni. Sento un brivido lungo la schiena e mi rendo conto che ufficialmente non «mi allenerò» mai più come nuotatrice. Ho un nodo in gola.

Harry se ne accorge. «Il pan di spagna è una cosa molto sopravvalutata», dichiara mentre lancia gli ultimi pezzi di glassa allo gnomo Boris. «I biscotti sono un'altra faccenda. Se parliamo di cose che si desiderano ardentemente, sono sullo stesso piano della protagonista di *Mia sorella lottatrice di sumo*. Difficile classificare le prime tre, ma credo che sarebbero i fagottini al fico, le focaccine alla marmellata e...»

«Harry», lo interrompo, guardandolo con gli occhi a fessura.

«Sì?» ribatte lui con aria innocente.

«Non farlo. Non cercare di farmi sentire meglio, perché non puoi.»

Restiamo in silenzio. Si sente il casuale *plip plop* di una piccola rana che salta nel laghetto. Un uccello canta da qualche parte nelle vicinanze. Mi vengono i nervi a sentirlo così allegro. Vorrei avere una fionda. Harry mi guarda con la coda dell'occhio.

«Presto sarai fuori di qui, Scemi», dice senza voltarsi.

«Già, è vero», rispondo sarcastica. Figuriamoci se dimettono una ragazza che non riesce neppure a fare qualche stupido passo su una gamba provvisoria.

«Immagino che non ti mancherò», soggiunge guardandosi le unghie.

«Oh sì, come un foruncolo sul sedere», ribatto, e subito me ne pento. A essere sincera, in questi giorni, come apro bocca mi escono cose davvero scortesi.

«Non è molto gentile, vero, Boris?» fa Harry allo gnomo che è di fronte a noi e sogghigna più del solito.

«Bisogna bandirla da questo luogo sacro e spedirla alla grotta perché le cambino i connotati», risponde una voce stridula che dovrei credere sia di Boris.

«Chiudi il becco», lo avviso agitando la stampella verso quel demonio sbiadito.

«Non essere crudele», mi ammonisce Harry. «Ha un cuore.»

«Ah, davvero?» lo sbeffeggio.

«Sì, ma per sbaglio gliel'hanno trasformato in creta quando faceva parte del Progetto Gegnomo Umano.»

«Ma che rompiscatole intelligente», ammetto. «Sei l'unico che legge quelle vecchie riviste di medicina nella sala di ricreazione.»

«Meglio di un rompiscatole stupido.» Harry sorride compiaciuto.

Di nuovo silenzio. Tutti e due siamo a braccia conserte. Mamma dice che è un comportamento difensivo quando ci si vuole proteggere da una situazione difficile. Da che cosa mi sto difendendo adesso? Dal sorprendente umorismo di Harry?

Fisso la mia gamba provvisoria che sbuca dai pantaloni della tuta. Lui abbassa gli occhi e segue il mio sguardo.

«Quand'ero piccola sognavo di diventare come lei», confesso.

«Lei chi?» chiede.

«Barbie.»

«Piuttosto rosa, non trovi?» osserva. «Conviene stare attenti a quel che si sogna. Io volevo le gambe come 007 e guarda cosa mi è successo.» Indica i suoi arti esili avvolti nel pigiama e protesi davanti a lui. «Me n'è arrivato un paio direttamente dal Royal Ballet.»

All'improvviso mi accorgo di avere il respiro affannoso. Mi succede solo quando sono preoccupata per qualcosa o quando mi trovo sul blocco di partenza con la mia squadra che mi guarda mentre aspetto di tuffarmi...

«Che cosa ti preoccupa?» chiede Harry prendendomi la mano e stringendola. Dio, deve avere delle doti telepatiche. Quella dolce stretta è leggera, calma e rassicurante. È la prima volta che ci tocchiamo. Le sue dita rimangono per un istante accanto alle mie e poi spariscono. È come essere sfiorati dalle ali di una farfalla.

«Devo sfilare in passerella domani», lo informo. È il gergo degli amputati per indicare il tapis roulant nel reparto di fisioterapia, dove misurano quanta pressione eserciti sul moncone. Finora non ci ho neppure pensato però, quindi non può essere la vera ragione per cui sono nervosa.

«Avrai le gambe ricoperte di fili simili a spaghetti», spiega Harry. «Alla fine non chiedere delucidazioni sul grafico perché iniziano a parlare in modo idiota ed è una noia. La cosa bella è che Ed userà le informazioni per costruirti la gamba nuova. Quindi è splendido. Adesso fammi vedere come fai il clown e tirami su il morale.»

«Il clown?»

«Be', non vorrai mica camminare subito come una top model, no?»

Sto migliorando con le stampelle, ma a ogni passo la gamba di Barbie sfrega contro il moncone. Con le braccia mi aiuto a sostenere il peso del corpo, ma fanno un gran male, e i polsi bruciano nel punto in cui le mani afferrano le maniglie grigie. Ma, ehi: Ed dice che con la pratica riuscirò a camminare senza stampelle.

Già, e le rane impareranno a volare...

Harry mi osserva attento mentre faccio un lento giro del laghetto cercando di non schiacciare delle piccole cavallette. Sento che sto arrossendo.

«Più veloce!» grida il mio tormentatore mentre gli passo davanti trascinandomi. «Sai che ho una soglia di sopportazione della noia molto bassa», bofonchia. «Come dici Boris?» chiede, chinandosi sullo gnomo. «Boris sostiene che sei una frana.»

«Chiudi quella boccaccia.» Rieccoci. Mamma pensa che i miei ormoni comincino a farsi sentire, il che giustifica il fatto che ultimamente sono «irritabile» e «linguacciuta». È convinta che sia colpa in parte di Harry che mi sta iniziando ai capricci dell'adolescenza e in parte della mancanza di stimolo scolastico. Per porvi rimedio mi porta qualche compito di matematica e inglese da parte della mia insegnante, la signorina Gates. Il titolo dell'ultimo tema è: «Il mio futuro perfetto».

Faccio fatica a pensare più in là di domani.

La fronte mi si sta imperlando di sudore. Le braccia adesso tremano. Un'ondata di nausea mi sale dallo stomaco in gola.

«Harry, sto...» Gli occhi sprofondano in tunnel scuri e barcollo. Mi sa che sto per svenire, ma Harry è subito al mio fianco, mi tiene per i gomiti. Non mi ero accorta che è più alto di me.

«Due passi indietro verso la panca», mi invita con dolcezza cingendomi con un braccio. «Ti tengo. Non cadrai.»

«Sono bloccata», replico. La gamba destra non risponde proprio. Ho il moncone in fiamme. La testa ormai è in caduta libera.

«Allora salta sulla gamba sinistra», suggerisce Harry incoraggiante.

Lo faccio e lui mi aiuta a sedermi sulla panca. Il

cuore batte a più non posso e il naso mi cola per lo sforzo della camminata. Splendido! Ho solo la manica della felpa dove pulirmi. Mi sento in preda all'autocommiserazione. Harry si abbassa e mi guarda negli occhi molto preoccupato.

«Nessuno può riuscirci subito», mi conforta. «Nemmeno Amy 'la campionessa' Curtis.»

Plip plop. Una rana si tuffa nel laghetto. Un'altra salta sul piede destro di Harry. Non se n'è accorto. Sorrido.

«Che c'è?» chiede sospettoso.

«Un passeggero», rispondo indicandola.

«Ehi, vattene via tu», esclama strattonando la gamba verso l'alto e facendo volare in aria l'anfibio verde. «Ecco una nuova specie di *Rana aeronautica*.»

Lo guardo con aria interrogativa mentre aspetto che mi stupisca.

«È una rana volante, per te.»

12

CASSIE, Harry e io stiamo giocando a Dubito in sala di ricreazione. Ho tolto la gamba provvisoria per un po' dopo la festa delle rane di questa mattina. Ho rimesso la vestaglia, che giace piatta e sconsolata sulla sedia dove dovrebbe esserci la mia gamba destra.

Ranocchietto sta guardando i programmi per bambini: un cartone animato con dei personaggi dalle teste quadrate. Non fa che ridere e al tempo stesso tirare su con il naso. A volte ride tanto che la voce sparisce e si sente solo un rantolo.

Mia sorella fa di tutto per non uscire dal gioco. Continuiamo a beccarla e lei, altezzosa, chiede da cosa si capisce che mente.

«Arricci il naso ogni volta che dici una balla», osserva Harry.

«Non è vero», fa lei per difendersi e intanto lo arriccia. «E comunque, da quand'è che sei diventato un esperto di linguaggio del corpo?»

«Ho letto tutti i libri del bibliobus dalla A alla P»,

risponde, «compresi due volumi sulle tecniche usate dalla CIA per smascherare le menzogne.»

«Te lo stai inventando», ribatte Cassie con gli occhi a fessura.

Harry si limita ad alzare le spalle compiaciuto.

«D'accordo... quattro regine», sorrido mentre poso con enfasi le carte sul tavolino.

Harry mi lancia un'occhiata scaltra.

«Ma non è possibile», esclama Cassie. «L'ultima volta hai messo giù due regine, quindi *dubito*.»

Scopro le carte e svelo quattro regine. Lei mi guarda storto, raccoglie l'enorme pila di carte in mezzo al tavolino e l'aggiunge al suo mucchio già alto. Sporge il labbro leggermente in fuori, fa sempre così quando vinco.

«Devi avere una strategia», le suggerisco.

«È solo un gioco», ribatte stizzita. «E a dire il vero sono molto annoiata.»

«A-ah, a-ahahah», Ranocchietto ride tenendosi la pancia. Gli cade del muco sul tappeto. Tutti noi bofonchiamo disgustati.

«Scusade.» Fa un gran sorriso.

«Io esco», dice Cassie.

«Ti ricordi i patti?» chiede Harry.

«Sì, sì. Chi perde compra il gelato.» Povera sorellina. Ormai è una cliente fissa del negozio all'angolo vicino all'ospedale, di solito con una lista da parte mia e di Harry. Questa settimana l'abbiamo sconfitta all'Impiccato, a Scarabeo e a Dubito. C'è sempre una penitenza per chi perde. Le tocca esaudire i nostri desideri. È la nostra schiavetta personale.

Harry e io ci prendiamo proprio gusto a sfidarci.

Giochiamo almeno tre partite e la vittoria è sempre all'ultimo sangue. Ieri abbiamo passato quattro ore a giocare a dama. Mi è venuto il mal di testa dopo essermi concentrata tanto. Ho vinto grazie a un trucco segreto. Harry non aveva via d'uscita. Poi ci siamo stretti la mano. Sembrava piuttosto colpito. Ieri notte l'ho sorpreso che studiava la mia strategia su un foglio.

«Ammettilo, perdente, sei stato sconfitto da un genio», ho sorriso compiaciuta.

«Ti ho scoperta», ha replicato con un sogghigno piegando il foglio in un aeroplanino e lanciandomelo. «Sei finita.»

Non me ne fa passare una. Non posso nemmeno autocommiserarmi. Se sono depressa mi dice di «partire con il piede giusto». Di solito ha anche l'ultima parola, ma oggi a pranzo discutevamo del modo migliore per cuocere le uova in camicia (quella strana cosa bianca e gommosa nel pasticcio di carne di maiale ha ispirato la conversazione) e gli ho detto di rassegnarsi perché, avendo sempre usato il microonde per preparare il porridge istantaneo, sarebbe finito a gambe all'aria.

Ah!

«Ti va un'altra partita all'Impiccato?» chiede Harry.

«Mi pare di averti massacrato abbastanza per oggi, Patatino», sbadiglio stiracchiando le braccia nell'aria calda della sera estiva.

«Ma se abbiamo fatto solo tre partite», ribatte rigirando una matita fra pollice e indice.

«Nah. Me ne vado in bagno», dico appoggiando le braccia sui sostegni a mezzaluna delle stampelle. Scarico il peso sulla gamba sinistra e mi alzo. È così strano non sentire la sua compagna. Chiudo gli occhi un istante e spero con ogni fibra del mio corpo che quando li riaprirò, la destra sarà di nuovo lì, io sarò sulle strisce con Sophie e arriveremo sane e salve al marciapiede, mentre il camion passa...

Chissà se l'autista è già andato in tribunale. L'ho chiesto a papà, ma dice che adesso non devo pensarci. Cerco di non farlo. Altrimenti inizio a tremare. Al che Harry deve darmi dei cioccolatini per calmarmi e si lamenta che sta spendendo una fortuna perché i dolci che vendono i volontari dell'ospedale costano il trenta per cento in più di quelli del negozio all'angolo.

Sollevo piano le palpebre e anziché vedere Ranocchietto, Harry e l'incontestabile verità della mia situazione, qualcosa di grande, familiare e fantastico mi riempie lo sguardo.

«Dan!» grido e sollevo le braccia. Per poco non cado su di lui che mi sorregge in un abbraccio infinito. Ha in mano dei fiori. Avverto il profumo intenso.

«Ciao, campionessa», mi saluta sollevandomi da terra per poi rimettermi giù piano.

«Tua mamma ha detto che eri pronta per una visita. Così eccomi qui.»

«Sono per me?» chiedo indicando i fiori esotici bianchi e rosa.

«Gigli. Per un fiore di ragazza.» Sorride e me li porge. Indossa la maglietta della squadra, come sempre, i pantaloni blu della tuta e un berretto da baseball bianco. Mia madre mi ha detto che è andato in Francia con la squadra per una delle minigare europee che si tengono ogni estate. Doveva fare un gran caldo. Ha la faccia più abbronzata di quando l'ho visto l'ultima volta. Vorrei farmi raccontare tutto, ma qualcosa si muove in modo strano dentro di me, una creatura scura con un freddo sguardo verde e il cuore di pietra...

«Dan, questo è Harry. Mi tormenta sempre, proprio come te», dico. Harry fa una smorfia di finto sdegno e si stringono la mano.

«Dura la vita con una così, vero?» chiede Dan.

«Ventiquattr'ore al giorno, sette giorni su sette», risponde Harry. «Spero che il prossimo vicino di letto sia muto.»

«Ah, ahahah», Ranocchietto ride con la pancia a terra e gli occhi fissi sullo schermo come fosse ipnotizzato.

«Andiamo in reparto, Dan», propongo; tutt'a un tratto provo un senso di claustrofobia in questa stanza, mentre i ricordi e le emozioni mi attraversano la mente. L'ultima volta che ho visto quest'uomo, ero la sua atleta migliore. Mi rendo conto di due cose mentre guardo il suo sorriso affettuoso. La nostra relazione è cambiata per sempre. E non è più il mio allenatore.

Cammina piano con me lungo il corridoio che ci riporta al Reparto Girasole raccontando della squadra e di chi sta facendo che cosa, osservando i miei sforzi immensi per avanzare con le stampelle e una gamba sola. Ora vorrei non aver tolto la gamba provvisoria. Almeno con quella sembro quasi normale.

Sono così felice di vedere Dan. E così imbarazzata che potrei scoppiare a piangere. Mi aspetta mentre vado in bagno, il che richiede quasi dieci minuti di goffe manovre solo per fare pipì e lavare le mani. Quando riemergo è appoggiato al muro, i fiori di fianco a sé, e sembra aver perso un po' del colorito. Forse è solo uno scherzo della luce e delle ombre serali.

«Scusa», gli dico.

«Non ti stavo prendendo il tempo», sorride.

No, Dan, non mi prenderai mai più il tempo.

«Allora, signorina, ci sono buone notizie che pensavo avresti voluto sentire.» È sempre così che esordisce per dirmi che i miei tempi sono migliorati di un tot, consentendoci di passare a un nuovo programma di allenamento ancora più impegnativo dell'ultimo. Ma non può trattarsi di questo adesso.

So che cosa sta per dirmi. Vedo lunghi tavoli coperti di tovaglie bianche, piatti, bicchieri e tutta la mia squadra e i genitori vestiti eleganti...

«Vorremmo invitarti come ospite d'onore alla cena della squadra il mese prossimo, Amy. Non devi decidere subito. Pensaci.»

Mi fermo a metà saltello, guardo per terra e intanto rielaboro l'informazione. In un nanosecondo sono passata da membro di una squadra a ospite d'onore. È come se di colpo Dan avesse tagliato la fune che mi assicurava alla cosa che per tanto tempo mi ha dato la vita. Ormai sono un'estranea e non c'è modo di tornare indietro.

«D'accordo», rispondo.

«Naturalmente spero che verrai a trovarci prima d'allora», aggiunge strizzandomi le spalle. «In realtà vorrei che mi aiutassi ad allenare, mi piacerebbe parlartene. Più avanti. Ok?»

Dischiudo le labbra, ma le parole non escono. Nella testa sento l'urlo terribile di un bambino sperduto, cacciato contro la sua volontà, solo nel deserto. So di vacillare un po'. Ho la vista annebbiata. Vorrei rannicchiarmi e addormentarmi.

«Svegliati, idiota! Un passo per volta!» È la voce di Sophie.

Non iniziare ad assillarmi, Soph. Ci manca solo questo...

«Vuoi che ti prenda la carrozzella?» chiede Dan, preoccupato.

«No», ribatto con rinnovata determinazione. «Ci arrivo da sola.»

«Brava la mia ragazza», fa lui.

13

«CIAO Amy, scusa il ritardo. Non trovavo parcheggio. C'era un corteo in strada... Gente sui trampoli», ansima agitata mia madre. Sembra molto nervosa.

È la marcia annuale per promuovere il circo. Vale a dire che questa è l'ottava settimana in ospedale, nel mio bozzolo sicuro, protetta dal mondo esterno con i suoi pericoli e le sue opportunità. Ricevo i bollettini dal mondo reale grazie ai miei compagni della squadra di nuoto, che continuano ad apparire con abbronzature e racconti delle vacanze nel Devon, a Tenerife, a Disney World e alla fabbrica di cioccolato in Svizzera. Dan passa una volta alla settimana con i pettegolezzi più succosi; spera davvero che accetti di aiutarlo ad allenare e mi ha lasciato dei volantini che spiegano le qualifiche necessarie. Perfino la nostra vicina Joan è venuta due volte. In entrambe le occasioni ha portato un sacchetto di carta pieno di strani frutti e mi ha sussurrato all'orecchio che l'uva era «in offerta» e di lasciare da parte gli acini marroni.

Shirley e Gus non sono ancora venuti. Nemmeno

una volta. Poco tempo fa hanno mandato un biglietto con sopra un retriever. All'interno Gus ha disegnato un porcellino d'India con un fumetto che dice: «Ci manchi».

Mia madre si guarda attorno in cerca di una carrozzella.

«Va bene così, mamma, cammino», dico con leggerezza.

«Sei sicura che è una buona...» si interrompe e annuisce.

«Ci vediamo, Patatino.» Saluto Harry, che solleva una mano, ma non alza gli occhi dal libro che sua madre gli ha preso in biblioteca; s'intitola: *Il paranormale*.

Sulla strada per la grotta, accenno alla mamma che non ho visto papà per tutta la settimana.

«Sta ancora lavorando a quel progetto di design a Leeds», risponde, un po' troppo in fretta. «Sono certa che appena ha un attimo chiamerà.»

Mamma e papà non sembrano andare molto d'accordo in questi giorni.

Ricordo che perfino quando era stato a Dubai per tre mesi come membro di un team di architetti che dovevano creare il primo albergo a sette stelle del mondo, chiamava a casa ogni giorno.

«A volte agli uomini piace ritirarsi nelle caverne», commenta mamma. Non sono sicura di che cosa voglia dire. Ci sono caverne a Leeds? E sono piene di uomini in giacca e cravatta?

Di sotto, Carla, la fisioterapista, che è una dark e ha quattro orecchini appuntiti per orecchio e il piercing al sopracciglio e alla lingua, collega la mia gamba vera e quella finta a svariati monitor per mezzo di fili simili a spaghetti. Poi mi chiede di salire sul tapis roulant usando le sbarre laterali per tenermi in equilibrio. «Ora accendo la macchina», spiega, «e vorrei che camminassi normalmente. Puoi farlo per me?»

Eh?

D'un tratto il tappeto nero inizia a muoversi indietro molto piano e anche se comincio a mettere un piede davanti all'altro, non riesco a tenere il passo e mi ritrovo a saltellare sulla gamba sinistra e a reggermi forte con le braccia. «Concentrati sul ritmo, respira, trova il ritmo...» L'inflessibile allenamento di Dan mi riecheggia in testa. Ma questi non sono i duecento metri a stile libero. È l'Everest e la cima sembra lontana un'eternità.

Secondo tentativo, e miracolosamente le gambe si comportano bene. Grazie Dan, sei ancora il mio eroe. Il tappeto si muove e cammino a passi regolari.

«Molla le sbarre, Amy. Stai andando benissimo», mi incoraggia Carla, immersa nelle linee che zigzagano sugli schermi dei computer.

La fronte si imperla di gocce di sudore per la fatica di tenere il ritmo. A ogni passo la gamba di Barbie sfrega sempre di più. Non credo di riuscire a resistere ancora per molto. Chiudo gli occhi e immagino di essere in piscina a cinquanta metri dall'arrivo. Sento nel corpo le vibrazioni della folla, il cuore martella in petto, e...

«Va bene, basta così», dichiara Carla, rallentando la macchina.

Afferro tutte e due le sbarre. Mi tremano le braccia e le gambe. Scendere è difficile. Mamma è pronta con le stampelle.

«Ti spiegherò i dati dopo che avrai visto Ed», dice la farfalla tatuata sulla schiena di Carla. Mi sa che ho le allucinazioni.

Ci sono due Ed. Parlano contemporaneamente. «Mi senti, Amy?» ripete uno dei due. Quando li guardo, si fondono in un viso familiare che mi sorride. «Ho detto che oggi è un giorno speciale.»

«È la giornata mondiale delle donne in Lettonia?» mormoro, ricordando che Harry mi ha riferito questo fatto strabiliante dopo aver letto l'ultima pagina del *Times Educational Supplement*, l'unica cosa che ha trovato in sala di ricreazione per darmi noia.

«Puoi preparare le tue cose. Domani andiamo a casa, Amy», annuncia mia madre con gli occhi velati di lacrime.

Casa. Ritorno a una vita che non c'è più. Basta Reparto Girasole. Basta Harry.

«Passerai a trovarmi una volta alla settimana», dice Ed allegro. «La nuova gamba sarà pronta fra quindici giorni, dopodiché la metteremo a punto e aiuteremo i muscoli con altra fisioterapia.»

Resto a bocca aperta. Piango in silenzio.

«È il sollievo, spero», azzarda mamma, un po' ferita, accarezzandomi il braccio.

14

«PRONTI...» esordisce Cassie sollevando in aria l'ultimo numero della rivista *Baby*.

«Chi ha avuto questa stupida idea?» chiedo, con le mani che indugiano sulle ruote della carrozzella.

«Tu, Scemi», risponde Harry mentre, sulla sedia a rotelle a pochi centimetri da me, guarda il corridoio.

«Partenza...» grida mia sorella tirandola per le lunghe.

«Temo che prenderai molto male questa sconfitta», fa Harry.

«Se vuoi tirarti indietro basta dirlo», ribatto io.

«VIA!»

Harry ha soprannominato questa gara «Scontro di Mezzi-titani». È la mia ultima mattina in ospedale e quindi l'ultima occasione per decidere il vincitore o la vincitrice finale. Abbiamo sommato i punteggi cumulativi dei vari giochi fatti negli ultimi due mesi e abbiamo totalizzato 3000 punti ciascuno.

Una bella coincidenza.

Perciò il primo di noi che attraversa il pesante divisorio di plastica vince. Abbiamo scelto questo corridoio perché è uno dei più lunghi dell'ospedale e porta al reparto delle malattie tropicali. Circolano voci secondo cui tutti i pazienti hanno malattie con nomi orribili come dengue e carbonchio e sono incatenati al letto, senza poter andare in giro.

«Mancano pochi secondi all'umiliazione, Scemi», mi avverte Harry, mentre cerca di mettere il turbo nel girare le ruote. È piegato in avanti nel patetico tentativo di essere più aerodinamico.

Siamo uno di fianco all'altra...

«Guarda e impara», ribatto mentre l'adrenalina mi sale in corpo e le braccia un tempo forti trovano il giusto ritmo. Mancano solo quattro giri di ruota al divisorio e sto sorpassando l'avversario.

Ma adesso lui è proprio accanto a me. Accipicchia, come ha fatto? È troppo vicino e le nostre ruote si stanno incastrando come nella corsa delle bighe ai tempi dei romani. E adesso una barella con una cosa lunga e immobile ricoperta da un lenzuolo viene spinta attraverso il divisorio e qualcuno con una voce profonda ci richiama all'ordine, ma non riusciremo a fermarci...

«Piccole pesti, non avete rispetto neanche per i morti», brontola l'inserviente mentre aiuta Harry, che è steso a terra con la testa sotto la barella, ad alzarsi. «Non potete scorrazzare per i corridoi terrorizzando chiunque. Adesso sparite, tutti e due.»

Aspettiamo un momento mentre l'uomo spinge irritato la barella cigolante lungo il corridoio da cui Cassie è misteriosamente scomparsa. Poi Harry mi porge la mano: «Dichiaro un pareggio».

«Diciamo che ti ha salvato un cadavere», ribatto.

«Vorrà dire che sistemeremo la faccenda un'altra volta, Scemi.»

«Naturalmente», rispondo fredda, benché il mio corpo sia caldissimo per via dello sforzo.

Harry e io ci scambiamo degli sguardi seri e scoppiamo a ridere; ridiamo così forte che ci vengono i crampi alla pancia, ci fanno male le costole e le lacrime scorrono sulle guance. Non ho mai visto Harry piangere e per qualche motivo la cosa mi fa piegare in due ancora di più. Ogni volta che proviamo a fermarci, a calmarci e a respirare, uno dei due ricomincia a ridere. Harry mormora «barella» e per poco non finisco a terra in preda alle convulsioni. Mai nella mia vita c'è stato un momento più divertente di questo. Vorrei cliccare su «salva»...

15

ULTIMA ora che passo qui. Sono seduta a Gnomolandia con mamma. Sta fumando un'altra infida sigaretta mentre papà cerca parcheggio.

Ormai sarà diventata schiava del fumo.

Ha detto che lei e mio padre hanno qualche «problema», ma che non c'è da preoccuparsi. E questi «problemi» non sono a causa mia o di Cassie, sono solo cose che a volte capitano fra genitori.

Non avevo mai pensato che potessero capitare ai miei. Adesso mi tocca preoccuparmi per loro E IN PIÙ dire addio a Harry...

Attraverso la lunga fila di finestre la luce gialla del pomeriggio filtra nel corridoio vicino al Reparto Girasole, che nel giro di pochi minuti sarà solo uno strano sogno pieno di bambini sconosciuti.

Qui dentro siamo tutti uniti da un'esperienza comune: la malattia o l'infortunio. Molti di noi si sono trovati sull'orlo del precipizio. Nell'oscurità abbiamo guardato la morte e distolto gli occhi. Le ragioni che ci hanno portati in questo luogo ci hanno anche rubato l'infanzia. Guardiamo alla vita con occhi che hanno visto troppo. Occhi che appartengono a bambini che ormai viaggiano nel tempo.

Mi fermo un istante e lascio che il calore mi circondi. Il sole dorato mi avvolge il corpo come seta. Avverto un pizzicore sulla pelle. Il corridoio è luminoso, il pavimento grigio tirato a lucido è un mare trasparente. E in lontananza, intenta a ballare in una pozza di sole, c'è una bambina con un vestito bianco e i capelli biondi da angelo.

«Sophie!» grido.

La bambina smette di ballare e mi guarda timidamente. Ha un volto sconosciuto. Si porta le dita alla bocca e sussurra: «Ssstt», per poi salutare con un cenno e correre via verso il luogo da cui era scappata.

«Sembra che hai visto un fantasma», fa Harry mentre dondolo le gambe per salire sul letto e mi stendo sui cuscini, esausta. Chiudo gli occhi e cerco di riordinare i mille pensieri che mi frullano in testa.

«Vuoi la mia battaglia navale magnetica?» gli chiedo.

«Non ho nessuno con cui giocarci», risponde prosaico. «Questi qui sono troppo tonti. Tutti insieme hanno il quoziente intellettivo di mezzo litro di crema pasticciera.» Vorrebbe essere un complimento. «Ho una cosa per te», aggiunge rovistando nel cassetto e tirando fuori una busta fatta a mano, chiusa con del nastro chirurgico. «Scusa. Per il nastro.»

Dentro c'è un biglietto con una vignetta a matita che ritrae me che barcollo sulle stampelle, Harry su un'auto sportiva, e in cima le parole «Appoggiati a me».

«A Scemi, dal tuo amico Harry. Smamma!» leggo a voce alta. Nell'angolo c'è un'altra vignetta con una gamba rosa di plastica che va via saltellando e uno scarabocchio con l'indirizzo e il contatto Hotmail. «Figo. Grazie.»

«Scemi?»

«Sì, Patatino?»

«Immagino che non verrai a trovarmi?»

«Probabilmente no.»

«Saggia decisione. La migliore. La prossima persona che occuperà il tuo letto sarà senz'altro più bella di te. Ti dimenticherò presto.»

Gli sorrido. Ricambia, con il viso pallido e gli occhi scuri sotto Ralph, il cappello procione. Poi fa una smorfia. Seguo il suo sguardo che si sposta da me a uno scovolino viola che si avvicina.

«Dio che caldo qui dentro. Non lo sopporto», si lamenta mia sorella a voce alta, sedendosi pesantemente sul mio letto e servendosi dell'uva.

Pare che sia tornata per aiutarmi a raccogliere le mie cose. Sfoggia chilometri di pancia piatta sopra i pantaloni viola aderenti. Si è anche messa un nuovo rossetto color porpora e un ombretto rosa, acquistati durante la terapia di shopping successiva al nostro «imbarazzantissimo» incidente al secondo piano.

«Ti ho portato un regalo.» Sorride radiosa ficcandomi in grembo un sacchetto. Dentro c'è un microscopico top rosa con la scritta BABY e ogni lettera è separata da un pallino d'argento simile a quello nel suo ombelico. «Era in saldo. L'ho visto e ho pensato a te...»

Forse era in saldo perché ne manca un bel pezzo? La

ringrazio. Mia sorella continua a sorridere in modo strano.

«Non me lo chiedi?» implora.

«Che cosa?»

«Perché sono così felice.»

«Perché sei così felice?»

«Marcus Boddington mi ha chiesto di uscire.»

Lancio un'occhiata a Harry. Finge di aver perso i sensi. Ha la bocca aperta, paralizzata dalla noia.

«Fantastico», esclamo cercando di sembrare convinta.

«Vero?» sospira e morde un acino. «Mi ha scritto questa poesia, vuoi sentirla?»

Harry inizia a fare dei gorgoglii e dei rantoli, come se stesse per vomitare.

«Quant'è disgustoso», mormora Cassie. «Ma come fai a sopportarlo?»

«È dura, soprattutto quando vomita sangue e si inghiotte la lingua», rispondo seria.

«Te la leggo dopo. Mi sa che ho bisogno di una boccata d'aria. Vado a cercare mamma.»

E sparisce. Harry si volta verso di me e fa una smorfia. «È anche più loffia di prima», commenta.

«Non me ne parlare», bofonchio.

E adesso c'è un goffo silenzio fra noi. Per due ragazzi che non hanno smesso quasi mai di parlarsi per settimane, è strano. E poi mi accorgo che Harry indossa i jeans e la felpa, oltre a Ralph.

«Allora, vai da qualche parte?» chiedo.

«Pensavo che un passaggio in carrozza ti avrebbe fatto piacere», dice, indicando la sedia a rotelle. «Non è proprio una Porsche, ma devi aver pazienza.»

«Vorrei che anche tu tornassi a casa, Patatino», soggiungo infine.

«Qui si mangia meglio.» Sorride. «E non sono costretto a vedere mia madre che fa la danza del ventre...» Ha un sorriso stranamente sereno che di solito sfoggia soltanto quando cerca di indispettirmi.

«Che c'è?» chiedo.

«Stavo solo pensando che finalmente non ti sentirò più russare...»

Gli lancio un cuscino proprio mentre mamma spunta con Cassie, e d'un tratto tutto succede in un baleno. Mia madre incarta la frutta, raccoglie i biglietti d'auguri e la foto di Barker. Mia sorella mette i miei giochi e i vestiti in un cesto della lavanderia, sollevando leggermente il labbro ogni volta che passa accanto a Harry.

Tutti mi salutano. Isabella mi bacia sulle guance e mi augura qualcosa di incomprensibile in spagnolo. Il ragazzo nuovo, che ha preso il posto di Ranocchietto quando lui è tornato a casa con la sua famiglia adottiva, scuote la testa al suono della musica del suo iPod.

La caposala Beresford sorride. «Buon ritorno a casa.» Saluta con la mano quando le sfiliamo accanto. Guardo un'ultima volta il Reparto Girasole.

«Buona fortuna, ragazzi. Verrò a trovarvi tutti quanti», dico, sapendo che quando avrò il prossimo appuntamento molti di loro saranno tornati a casa per affrontare di nuovo la vita e il mondo reale.

«Papà ci aspetta in doppia fila», mi incita mamma mettendomi fretta.

«Pronti allora», esclama Harry facendomi segno di sedermi in braccio a lui nella sedia a rotelle.

Passo le stampelle alla mamma e scivolo adagio su Harry nella speranza di non ridurlo a pezzettini. Gli metto le braccia intorno al collo. Sento le guance avvampare per il contatto improvviso.

«Oddio, pesi una tonnellata.» Si rannicchia e sfrecciamo fuori dal reparto a venti chilometri all'ora.

Ci tocca schivare lo stesso inserviente di stamattina che spinge un vecchietto su una lettiga. «Oi!» grida quando passiamo. «Cosa vi ho detto, piccole pesti?» Tutti gli altri nel corridoio si fanno da parte per precauzione. Riesco quasi a sentire di nuovo il vento nei capelli.

Mia madre e mia sorella ci raggiungono alla reception. Mamma mi dà le stampelle e abbozza un sorriso a Harry.

«Grazie, Patatino», dico, e senza pensarci gli do un bacio sulla guancia.

«Piantala, svitata», protesta pulendosi.

«Allora ciao», lo saluto, anche se faccio fatica a sorridere perché le labbra iniziano a tremarmi.

«Stammi bene, Scemi. Ci vediamo.» Gira la carrozzella e sfreccia via brandendo Ralph, e urlando: «Yuhuu, Silver...»

Harry Higgins. Una leggenda vivente.

16

Così, dopo essermi rotolata sul pavimento dell'ingresso con un Barker estasiato ed essere salita al piano di sopra facendo i gradini con il sedere, sono qui nella mia stanza, dove ogni cosa è come l'ho lasciata due mesi fa. In realtà non è del tutto vero. Tanto per cominciare, c'è ordine. Mamma è passata di qui come un derviscio rotante con aspirapolvere e straccio e adesso sembra di essere in una di quelle camere che si vedono nelle riviste d'arredamento, completa di vaso di fiori. «Ecco il nido di Amy, dove il rosa e l'arancio creano un vibrante contrasto d'umore, valorizzato da una poltrona gonfiabile verde e da un moderno e gradevole tappetino a macchie dalmata.»

Sembra di essere in un museo. Le medaglie di nuoto sono ancora allineate alla parete. La gallo-sveglia funziona sempre. L'unica cosa diversa sono io. Non sono la stessa Amy che ha lasciato questa stanza tante settimane fa, che è scesa di sotto facendo due gradini alla volta ed è uscita di casa con l'amica del cuore. Ho il venticinque per cento in meno del mio apparato locomotore. Mi sento fuori posto: è come se questi oggetti non mi appartenessero più...

Cinque minuti dopo sono distesa sul letto, mangio biscotti con grosse scaglie di cioccolato e papà non la smette di parlare di certi ricercatori in Gran Bretagna che stanno lavorando allo sviluppo di parti del corpo mediante le cellule staminali. Dico «ottimo», ma non mi interessa. Mi sento stranita e in colpa per non essere sopraffatta dalla felicità di trovarmi di nuovo a casa mia, con tutto ciò che mi apparteneva. Non mi sento più legata a questi frammenti della vita passata.

Ho bisogno di restare un po' da sola, papà, non capisci?

Gli occhi si posano ai piedi del letto su un palloncino rosa e arancione con la scritta SEI UNA STELLA. È un regalo di Cassie. Fa un po' strano ricevere palloncini quando la vita sembra aver perso allegria.

Mentre papà va a prendermi una limonata, tiro fuori l'orsetto d'argento di Sophie dalla tasca dei jeans e lo guardo; mi viene in mente che è davvero tutto quel che rimane della nostra amicizia. Noto che le foto di noi due non sono più sulla libreria, ma va bene così. Mamma sa che, oggi, le immagini sarebbero troppo per me. Chissà come mai Shirley e Gus non si sono fatti sentire... Forse potremmo invitarli a cena ora che sono tornata. Sarebbe bello vederli.

Finora il rientro a casa è stato quanto più sobrio i miei genitori siano riusciti a renderlo: niente feste a sorpresa o amici che spuntano da dietro il divano. Mio padre mi aiuta a scendere di sotto e mia madre mi dà due bouquet di fiori: uno da parte di Dan e della squadra di nuoto e uno dei compagni di scuola. Joan, la vicina, ha portato addirittura dell'erica. Ha legato insieme i gambi con una vecchia stringa per le scarpe.

Forse la vita è abbastanza normale, ma noi siamo tutti diversi. Anche Barker si sta abituando a un nuovo letto, dopo aver distrutto a morsi quello vecchio per protesta, quando rimaneva solo durante le visite in ospedale dei miei famigliari. Malgrado il regalo di un osso di gomma giallo, ha lo sguardo inespressivo e l'aria triste nella sua nuova cuccia di plastica.

Lo abbraccio forte. «Non è così male», gli sussurro. Scodinzola.

Papà mi bacia la fronte e mi pizzica il naso, come faceva sempre. «È bello averti a casa, piccola», dice. «E vista l'occasione speciale, stasera cucino io.»

Io e mia sorella bofonchiamo.

«No, andrà tutto bene. Mangiamo i tacos e il ripieno l'ha fatto mamma. Io preparo solo le tortillas e, be', grattugio il formaggio.»

«Niente ingredienti misteriosi», supplico. Di solito aggiunge qualsiasi avanzo trovi nel frigo, convinto che più sapori ci sono meglio è. Gli ho spiegato che il cavolfiore non c'entra niente con il ragù, ma non ci sente.

Così, il pomeriggio è trascorso guardando due dei miei DVD preferiti raggomitolata sul divano con Cassie e mamma, e il buio sta scendendo nel cielo come un sipario alla fine del primo atto della mia nuova vita. Chissà cosa sta facendo Harry e se qualcun altro ha già occupato il mio letto in ospedale. È strano non averlo vicino.

Mia madre accende le candele e Cassie apparecchia la tavola. Tutti si danno da fare intorno a me perché le cose vadano avanti. Adesso sono ancora più sgomenta. Forse soffro di SSF. Ormai mi ero abituata a passare il tempo da sola. Ma sono tornata a far parte di un gruppo.

La cena è buonissima, soprattutto dopo settimane di mensa d'ospedale. Non posso mangiare molto perché mi si è rimpicciolito lo stomaco, ma faccio fuori un taco intero con sopra la panna acida accompagnato dai nachos. Mamma propone un brindisi alla salute e alla felicità e per la prima volta ho il permesso di bere un po' di vino.

Dopo il gelato alla fragola fatto in casa, i miei dicono che è arrivato il momento di dirci una cosa. Sembrano un po' in apprensione, per cui non sarà una notizia splendida come una vacanza su una spiaggia circondata da palme. Mia sorella e io ci guardiamo. Spero che non stiano per divorziare.

«C'è qualcosa di cui vorremmo parlare con voi», inizia mamma, «ora che Amy è tornata. Riguarda tutti noi e vorremmo il vostro parere.»

Barker sbadiglia, si stiracchia e si gira a pancia in su nella cuccia, con le zampe all'aria, come per dire la sua.

«Io e vostra madre pensiamo che sia il momento giusto per traslocare in un altro posto», butta lì papà senza fronzoli. «Per lasciarci alle spalle il passato. Ricominciare da capo.»

Leggo fra le righe. Un trasloco mi risparmierebbe la sofferenza di tornare (prima o poi) a scuola senza la mia migliore amica. E consentirebbe a tutti noi di prendere le distanze dall'incidente e a me di essere lontana dalle attenzioni della stampa locale, che, a detta di mamma, non vede l'ora di conoscere la mia storia di «coraggio».

«Perché bisogna traslocare per lei?» piagnucola Cassie. «Prima dell'incidente tutto ruotava intorno a lei e ai suoi allenamenti. Viene *sempre* prima lei. Non vi importa di me e della mia felicità. Ho iniziato i corsi d'esame. E ho Marcus...» Spinge indietro la sedia, corre fuori dalla cucina, si precipita sulle scale e si chiude in camera sua sbattendo la porta.

«L'ha presa bene», fa papà con la testa fra le mani.

«Dove ci trasferiremo?» chiedo cauta, pensando all'orrore di finire su una sperduta isola scozzese con foche e lontre come unica compagnia.

«A Brighton», risponde papà. «Ho dei contatti di lavoro laggiù. C'è un fantastico istituto d'arte per mamma. Due università. E scuole meravigliose per voi ragazze. È molto bohémien. Con un mucchio di caffè, teatri e negozi d'abbigliamento. E soprattutto, c'è il mare. Hai sempre voluto imparare ad andare in barca a vela.»

Quello era prima, papà. Adesso al limite posso fare il pirata Long John Silver nella recita di Natale...

«Che ne pensi?» chiede mamma posandomi una mano sul braccio.

«Potrò continuare a vedere Harry?» domando senza riflettere.

I miei genitori si guardano. «Certo», fa papà. «Non c'è problema. Magari può fermarsi da noi.» Sento un colpo sordo quando mia madre gli tira un calcio sotto il tavolo e muove la sedia per coprire il rumore.

«Allora va bene.»

Non va bene; è una faccenda loffia e tremenda e

vorrei fare una scenata isterica e piangere come una bambina di quattro anni, ma qualcosa mi dice che un cambiamento potrebbe farmi bene. Sarò disabile dovunque andrò, perciò il mare forse non è una cattiva idea.

«Vado a parlare con tua sorella», dice mamma con dolcezza. «Chissà che non riesca a corromperla con qualche lezione di equitazione.»

«Forse ci vorrà un po' per vendere questa casa», osserva papà tanto per parlare. Anziché guardare me, fissa le candele. «Ma avrai il tempo di rimetterti e tornare forte. Se potessi agitare una bacchetta magica e fare in modo che accada subito, Amy, non esiterei. Così non dovresti più rivedere quelle maledette strisce pedonali o la piscina.»

Non ho neppure pensato a come dev'essere passare accanto ai monumenti della mia vecchia vita. Sono stata più occupata a sopravvivere, passo dopo passo, giorno dopo giorno.

Papà prende una birra dal frigo. Afferra un giornale di fianco al lavello e lo getta sul tavolo della cucina: «Forse vorrai leggere questo».

In prima pagina, sotto il titolo «Autista assassino condannato con la condizionale», c'è una foto di Sophie. Il breve articolo mi informa che «Reginald Ambler (46), residente in Priory Avenue, Newcastle», è stato condannato a «sei mesi di condizionale e una multa di cinquecento sterline per non essersi fermato a un attraversamento pedonale nel centro di Nottingham il 6 luglio, causando la morte di Sophie Haynes (13) e la menomazione della sua migliore amica e campionessa di nuoto Amy Curtis (13)». La storia continua all'interno, ma non voglio vederla.

«Cosa vuol dire 'condizionale', papà?» chiedo.

«Significa che non dovrà scontare la pena a meno che non rifaccia qualcosa di simile.»

«Ma ha ucciso Sophie», sussurro. «Parlava al cellulare...»

«Per la legge è stata negligenza. In tribunale ha detto di essere pentito.»

«Sei andato al processo?» Allora anche mio padre ha dei segreti. Vorrei che la smettesse di trattarmi come una bambina. Come faccio a dimenticare tutta la faccenda se non so che cosa sta succedendo? Ogni volta che sento stridere il metallo trattengo il fiato...

«Volevo guardare in faccia l'uomo che ha fatto del male a mia figlia e l'ha passata liscia», si limita a rispondere. E mi accorgo che la mano che regge la bottiglia sta tremando.

«C'era anche Shirley?» domando.

Papà annuisce. «E Gus.»

«Come stavano?» continuo.

«È stato un giorno terribile per tutti noi», risponde scolando la birra. Sento che c'è qualcosa che non vuole dirmi.

Guardo di nuovo la foto della mia amica che sorride raggiante nell'uniforme della scuola. Il suo viso è così familiare, ne conosco ogni tratto. E adesso non cambierà mai, non berrà mai champagne, non verrà mai baciata, non proverà mai la gioia del successo o la tristezza della delusione, non vedrà mai paesi stranieri, né piangerà per i film stupidi, non mi farà mai più ridere con le sue facce buffe.

Mai è un mucchio di tempo, Sophie...

Mentre digerisco la notizia, gli occhi sono di nuovo attratti dal titolo di un articolo più piccolo in fondo alla pagina: «Nuotatrice locale stabilisce nuovo record» ed è accompagnato da una foto di Mel James alle nazionali. «Guardati le spalle», mi aveva avvertita. «Doppia sfiga», commenterebbe Harry. Mi sento come se qualcuno mi avesse conficcato un coltello nel cuore e l'avesse rigirato. E in questo momento una domanda che si profilava minacciosa nella mia coscienza riceve risposta.

«Papà», inizio, ma mi trema la voce. «La cena della squadra, non posso...»

«Non devi andarci per forza. Lo dirò a Dan. Vedrai che capirà...» dice, perplesso del cambio improvviso di argomento.

«È per via di questo.» Indico il giornale, cercando di spiegare.

«Amy...» ribatte sedendosi subito accanto a me, mentre mi abbraccia lasciandomi sfogare i singhiozzi sulla sua spalla. «È ingiusto e terribile, lo so. La gente dovrebbe pagare il prezzo delle proprie azioni.»

Io l'ho già pagato, papà. La prova è qui, nero su bianco...

Da: amycurtis@ntlworld.com
A: ralphrabbioso@hotmail.com
Oggetto: Casa dolce casa

Caro Patatino,
be', sono a casa, e per certi versi è fantastico e per altri

è orribile e vorrei essere di nuovo in reparto a ridere con te. Ci sono un mucchio di novità: una tizia ha battuto il mio record di nuoto. Che depressione! Ci trasferiamo a Brighton sulla costa meridionale (Cassie vuole suicidarsi per via di Marcus). Il camionista non è dovuto andare in prigione. Perciò guida ancora i camion e probabilmente continua a investire ragazzi sulle strisce. Scrivimi presto, ti prego, e raccontami le news. Saluta tutti da parte mia. Spero che tu stia bene.
Scemi

17

«AMY? È ora di andare», mi esorta mamma.

Sono distesa sul letto, dove ho passato gran parte delle ultime due settimane, quando non passeggiavo avanti e indietro per il giardino terrorizzando i gatti della zona con le stampelle. Il materasso mi fa sentire al sicuro. È l'unico posto dove il mio corpo non soffre.

Oggi avrò la mia gamba nuova. Il che significa che posso vedere Harry. Sono davvero seccata di non aver ricevuto risposta alle e-mail. Gli ho scritto ogni giorno. Forse il computer nella sala di ricreazione è esploso? Non lascerò che la mia testa pensi ad altre possibili ragioni per il suo silenzio.

Mamma mi sta aspettando di sotto. Ha un fermaglio luccicante nei capelli e sta molto bene.

«Allora, sei pronta?» È allegra più che mai, il che è sempre preoccupante. Non le sfugge niente. Si è accorta della macchia di lampone sui miei pantaloni. Per fortuna è troppo tardi per andare a cambiarmi.

È una bella giornata di settembre. Api e farfalle volteggiano pigramente tra i fiori. Cassie è a scuola. (Ha cercato di marinarla dopo uno sfortunato incidente con una tinta che le ha fatto diventare i capelli verde pastello, ma mamma non è stata comprensiva.) Barker prende il sole a pancia in su nella veranda davanti a casa. E un merlo canta la sua canzone di fine estate appollaiato sul cartello VENDESI nella nostra aiuola.

Sono venute un po' di persone. Dopo la prima visita, l'agente immobiliare – un uomo dalla pelle unta e i capelli impomatati – ha fatto notare alla mamma che lasciare la gamba finta in mezzo alla mia camera «poteva inibire dei potenziali acquirenti».

C'è stata un'offerta decisiva da parte della famiglia Suggs. I miei ci stanno pensando perché si tratta di cinquemila sterline in meno rispetto alla cifra richiesta. Per trasferirci a sud stanno chiedendo in prestito alla banca una bella somma. Ho visto una foto della casa nuova. È una villetta semindipendente di fronte a un piccolo parco. I muri sono bianchi e c'è un rampicante viola che cresce intorno alla porta d'ingresso. Le camere da letto sono quattro. La più piccola diventerà l'ufficio di papà, che lavorerà da casa come architetto freelance.

«Salta su», dice mamma senza pensarci. «Scusa, Amy...»

Metto le stampelle sui sedili posteriori e mi infilo dentro. Dopo l'incidente mi sento nervosa a stare seduta davanti. Dietro sembra più sicuro e più lontano dal traffico incombente...

Ci vuole circa mezz'ora per arrivare all'ospedale. Mi accorgo che le foglie stanno diventando rosse e dorate e i marciapiedi sono disseminati di castagne d'India. E mi rendo conto, mentre ci avviciniamo all'ampio parcheggio, che il cuore mi batte più forte del solito...

Siamo in anticipo per l'appuntamento e chiedo a mia madre se prima posso vedere Harry. Accetta, a patto che lei possa andare in giardino a fumarsi una sigaretta. Mi avvio verso il Reparto Girasole, lungo il corridoio dove Harry mi ha fatto fare un giro sulla sua carrozzella. L'odore di disinfettante mi accompagna fino all'ufficio della caposala.

Decido di presentarmi al letto di Harry senza essere annunciata. Mentre mi avvicino vedo che dorme con il lenzuolo sopra la testa. Non riconosco i biglietti sul comodino.

«Harry?» lo chiamo piano.

«Se n'è andato, quel monello di un Harry», sospira una voce profonda dietro di me. Isabella si fa il segno della croce, stringe il manico dello scopettone e guarda per terra. La caposala mi ha vista e si affretta a raggiungermi preoccupata.

«Dov'è andato?» le chiedo, e ho paura della risposta. D'un tratto mi trema tutto il corpo.

«A Londra, cara. Al Guy's Hospital. C'è un nuovo farmaco. Harry è stato scelto per la cura. I risultati potrebbero giovare a migliaia di bambini.» Mi trattiene per un braccio. Mi sa che sto barcollando.

Guardo i suoi occhi dolci e immagino Harry appeso al soffitto mentre a poco a poco viene calato in una vasca di liquido ribollente con su scritto CURA MIRACOLOSA. Sta urlando: «Non fatemi sparire!» Qualche istante dopo, tutto ciò che rimane di lui è Ralph, il cappello procione, che galleggia in superficie.

«È un peccato che tu non l'abbia trovato», aggiunge lei con gentilezza. «Stai così bene, Amy. So che gli avrebbe fatto molto piacere vederti.»

«Quando tornerà?» chiedo preoccupata.

«Fra molto, molto tempo...» mormora Isabella facendosi di nuovo il segno della croce.

«Non c'è una data certa, cara. Sono sicura che si farà sentire presto...» Mi cinge con le braccia e mi conduce alle doppie porte. «È un gran piacere vederti, Amy. Vieni quando vuoi.»

E d'un tratto mi ritrovo nel corridoio a camminare a passi furenti sorretta dalle stampelle. Quando arrivo in giardino, mamma, ancora seduta sulla panchina, è solo a metà sigaretta. Sento che sto per esplodere dalla rabbia. Boris sogghigna nella sua nuova posizione accanto al vialetto di ghiaia. Prendo la mira e con la stampella sinistra lo riduco a pezzetti sperando che non ci siano rane nascoste nei pressi della sua canna da pesca.

«Ho sempre odiato quello gnomo», sibilo. Una bambina con la gamba ingessata seduta sulla panchina accanto scoppia a piangere. Mamma spegne in fretta la sigaretta e mi accompagna dentro.

«Santo cielo, Amy...» continua a ripetere, incredula.

Ho voglia di ribattere: «Se l'è cercata», ma quando mia madre parla a bassa voce è perché è cattiva e pericolosa. Mi dice che devo ripagarlo di tasca mia. Sto già pensando che al suo posto potrei donare al giardino dell'ospedale un bel Bambi.

«È tempo di conoscere la tua gamba nuova», annuncia Ed trionfante nella grotta. È uno strano modo di vedere la faccenda, d'altronde ho davanti uno che per guadagnarsi da vivere costruisce parti del corpo di ricambio.

«Ta-daa», esclama scoprendo il mio arto speciale sul tavolo da lavoro. È lucido e plasmato benissimo. Ci fa vedere la giuntura della caviglia che è liscia e silenziosa. Mi spiega come funzionano le cinghie.

Non voglio questa gamba, non voglio niente di tutto questo…

«È fatta di uno speciale materiale plastico. Provala», fa Ed raggiante.

Mamma mi aiuta a sfilare i pantaloni e mi siedo per slacciare l'ultima volta le fibbie di Barbie. La nuova gamba calza a pennello sul moncone. Sento freddo sulla pelle. Ed mi stringe le cinghie sopra il ginocchio.

«Il momento della verità», dichiara piano e mi fa cenno di alzarmi. Faccio un bel respiro e spingo il corpo in avanti distribuendo il peso su entrambe le gambe.

«Come la senti?» chiede.

Azzardo qualche passo, molto lentamente. L'arto è leggero e reattivo, ma irreale. È come se camminassi con un crampo al polpaccio e la gamba appartenesse a qualcun altro.

«Prova senza le stampelle, se vuoi», suggerisce Ed. Le do alla mamma, che si morde il labbro così forte da lasciare l'impronta dei denti.

Eccoci. Innanzitutto, equilibrio, Amy. Tengo le mani in fuori come una trapezista. Testolina, la facciamo questa cosa o no? So come doveva sentirsi Neil Armstrong quando stava per fare il primo passo sulla luna, con gli occhi del mondo puntati su ogni suo gesto. Un balzo da gigante per l'umanità. E qui finisce l'analogia…

Mi sforzo di fare un bel respiro e, mentre butto fuori l'aria, muovo la gamba destra in avanti di pochi centimetri poggiandovi il peso, e faccio lo stesso con la sinistra. Il movimento sembra uno zoppicare esagerato. Faccio altri due passi traballanti prima di tirarmi indietro e chiedere a mia madre le stampelle.

Non sarò un clown per sempre, Harry...

«Fantastico», commento sincera, stupita dalla comodità della protesi. I miei istinti omicidi si sono placati, adesso. Forse io e la mia nuova gamba possiamo diventare amiche. «Grazie mille, Ed», dico abbracciandolo.

«Te ne serviranno altre a mano a mano che cresci», spiega, «perciò quando avrai diciotto anni saremo ormai vecchi amici.»

Mi sento invadere dal panico. «Ma ci trasferiamo a Brighton e sarà troppo lontano per venire.» I miei genitori non hanno pensato che mi sarebbe servito l'aiuto costante di Ed e del suo team?

Lui sembra deluso. «In questo caso dovrai mandarmi una cartolina e farmi sapere come va», replica allegro. «C'è un ottimo centro riabilitativo laggiù. Sarai in buone mani.»

Mia madre e io restiamo in silenzio sulla via del ritorno. È ancora scioccata dal fatto che sua figlia sia un'assassina di gnomi. E io sono triste perché non ho potuto far vedere a Harry la mia nuova gamba, né sentirmi dire che tutto andrà bene, come fa sempre. Forse potrei scattare una foto digitale con la macchina di papà e metterla sul computer per spedirla via e-mail...

Quando arriviamo nella nostra via, c'è un'ambulanza davanti a casa.

«Santo cielo ma che...?» grida mamma premendo il freno nel vialetto e schizzando fuori dalla macchina.

Ci impiego un po' di più per raggiungere l'ingresso, appena in tempo per vedere due paramedici ben piantati chini su Cassie, che è seduta su una sedia in cucina. Sembra la principessa Leila di *Guerre stellari*, con due protuberanze bulbose sulle orecchie. Le protuberanze sono bende però, non capelli.

«Volevo avere i buchi nelle orecchie per il mio compleanno», piagnucola alla mamma. «Marcus mi ha comprato degli orecchini molto costosi...»

«Le abbiamo detto che sarebbe stato più sicuro andare in un salone di bellezza», riferisce il paramedico più alto, che stando al distintivo si chiama Sam. «Almeno ha avuto il buonsenso di chiamare l'ambulanza. Il suo lavandino è ridotto un po' male, però, signora Curtis.»

Mamma mi fa cenno di andare di sopra. Sono felice di ubbidirle. È stato sparso abbastanza sangue oggi. Decido di provare a salire in modo normale, usando i piedi anziché il sedere. Sto andando bene. Vorrei gridare: «Ehi, voi, ce la faccio da sola», ma non è il momento giusto.

Di sotto, la principessa Leila si sorbisce quello che Darth Vader le ha riservato...

Loffietto,

non sarà che ti tengono rinchiuso contro la tua volontà in un laboratorio di Londra e che ti stanno usando in esperimenti sinistri per trovare una cura contro la calvizie? Perché non hai risposto alle mie e-mail? Hai ricevuto la foto della gamba nuova? Non è fighissima? Ho paura che gli alieni ti abbiano rapito. Per favore scrivimi, o chiamami, perché ho bisogno di una barzelletta delle tue, il che dimostra quanto devo essere disperata. Ti spedisco questa lettera a casa casomai il tuo indirizzo Hotmail fosse esploso. Spero che tu stia bene.

Scemi

18

MAMMA ha letto un sacco di libri su come «affrontare i propri demoni», quelle cose che nella vita spaventano o rendono infelici, e oggi ho deciso che è arrivato il momento di mettere alla prova il loro consiglio e cioè che è meglio agire piuttosto che non fare nulla.

Ogni volta che in casa ho sollevato l'argomento Shirley e Gus, i miei sono diventati vaghi e strani. Più o meno mi hanno detto che sta a Shirley decidere se contattarci o no, e se non l'ha ancora fatto significa che ha bisogno del suo «spazio», o di più tempo per «riprendersi».

Se un amico soffre, come minimo vai a vedere se puoi fare qualcosa per aiutarlo, no? Mamma è sempre stata fantastica in questo genere di cose. Ogni volta che andiamo da qualche parte si ferma a portare un mazzo di fiori o dei cioccolatini a Tizio, Caio o Sempronio, che ha avuto una giornata/settimana/vita tremenda.

Comincio a pensare che Shirley non mi voglia più

bene e che mamma e papà mi stiano soltanto proteggendo dalla verità...

Ma oggi è il suo compleanno e di solito le portiamo un regalo. Non voglio che le cose siano più diverse di quanto non sono già, perciò ho chiesto alla mamma se potevamo comprarle dei biscotti speciali. Li ho incartati in un foglio di alluminio rosso con un fiocco e ho preparato un biglietto al computer che abbiamo firmato tutti.

L'anno scorso, Sophie e Gus avevano preparato una torta farcita con una montagna di crema e, al picnic che le avevano organizzato, Shirley indossava una coccarda. Ho il sospetto che non ci saranno molti festeggiamenti stavolta. Il cielo è plumbeo e tutto intorno alla macchina soffiano venti di tempesta. Mio padre mi sta accompagnando a casa di Sophie. Lui e mamma hanno litigato su chi dovesse farlo. Lei gli ha detto che doveva smetterla di «evitare le situazioni emotive difficili». Mi sono accorta che lui non l'ha salutata.

Non ho portato le stampelle, perciò papà dovrà prestarmi il suo braccio perché non cada sul vialetto di cemento fradicio che conduce al condominio.

Oggi l'ampia porta d'ingresso è senza vetro, vittima del vandalismo. Ma l'atrio è stato tinteggiato da poco, di un bel color crema. Uno degli inquilini al pianterreno ha messo un vaso con dei fiori di plastica rossi su un tavolino fuori della sua porta. I fiori hanno un'aria un po' triste, bagnati dall'acqua piovuta dentro, che ha inzuppato il pavimento.

Dobbiamo fare due rampe di scale. Salgo con calma, reggendomi al corrimano. Papà cammina dietro di me, perso nei suoi pensieri. Forse rammenta l'ultima volta che è stato qui, proprio all'inizio dell'estate, quando ha cercato di ballare il tip tap scendendo i gradini, come Gene Kelly.

Oggi non cantiamo sotto la pioggia.

Bussiamo alla porta del numero dodici. Dopo un bel po' di tempo, apre Shirley. Ha il viso molto più magro di come ricordavo, con tante rughe, e i capelli castani hanno cinque centimetri di grigio alla radice. Indossa un lungo cardigan nero sopra i pantaloni scuri, niente tessuti multicolori tinti con i nodi. Il peggio è che non ci invita a entrare, nonostante io abbia telefonato per chiedere se potevamo passare. Resta sulla porta e ci guarda. La tv è accesa in soggiorno. La luce chiara dello schermo crea delle ombre sul muro del corridoio.

La prima porta a destra è chiusa. Il cartello scritto a mano recita: CAMERA DI SOPHIE. NON ENTRARE. Come vorrei girare la maniglia e annusare il suo odore familiare.

«Ciao, Shirley», la saluto raggiante. «Buon compleanno.»

«Ciao, Amy, amore», risponde teneramente. Fa un cenno formale a papà che ricambia. Cos'è questa storia dei saluti? Mio padre struscia i piedi ed è evidente che vuole squagliarsela. Vorrei che mamma fosse qui. Sa sempre che cosa fare in queste situazioni.

Porgo a Shirley la scatola di biscotti e mi avvicino per darle un bacio.

«E così, ve ne andate?» chiede fermandomi.

«Quando la vendita andrà in porto», risponde papà cercando di sembrare allegro. «Ci terremo in contatto, però. Ellen pensava che a te e a Gus avrebbe fatto piacere venire a passare le vacanze a Brighton...»

«Grazie», risponde fredda. Vorrei scrollarli tutti e due.

«Bene, allora. Noi, ehm...» Mio padre si prepara a trovare una scusa. Sarà la visita più breve della storia.

«Ho una cosa per te, Amy», sussurra Shirley e scompare dietro la porta. Io e papà ci scambiamo degli sguardi. Quando ritorna, tiene stretta fra le mani una foto dell'anno scorso che ritrae me e Sophie travestite per la festa di Halloween della scuola. Indossiamo i costumi da zucca fatti con felpe arancioni trovate nei mercatini e riempite di cuscini.

«L'ho trovata nel suo cassetto. Ho pensato che dovevi tenerla tu.»

«Grazie», mormoro con la voce soffocata. Papà mi mette un braccio sulle spalle. Voglio chiederle perché non è venuta in ospedale per tutte queste settimane. E vorrei farle sapere che Sophie mi manca tantissimo. E che mi dispiace tremendamente...

«Abbassa il volume di quel maledetto televisore», urla all'improvviso Shirley. Il volume si abbassa all'istante. Le immagini continuano a guizzare nell'oscurità. «Vermiciattolo», mormora.

Mi ero quasi dimenticata di Gus. Chissà perché non è venuto a salutare. Non so se è il caso di chiamarlo. Dall'espressione di Shirley sembra che non resti altro da dire.

«Ciao, allora», mi congedo e mentre stiamo per avviarci lei mi afferra per le spalle e mi dà un grande abbraccio caloroso. I suoi capelli sanno di muffa, come un vecchio nido di uccelli.

«È una grossa vergogna», sono le uniche parole che

pronuncia prima di ritirarsi nel suo appartamento e chiudere la porta.

Io e papà siamo seduti in macchina in silenzio. Gocce gonfie d'acqua scorrono in rivoli lungo il parabrezza deformando il mondo esterno. I colori delle tende degli appartamenti si mischiano con le luci dei lampioni e formano disegni psichedelici.

«*Purple rain*», sospira papà. «Come la canzone di Prince. Mi dispiace per quello che è successo lì dentro, Amy. Shirley è arrabbiata con me per via di quanto è accaduto in tribunale.»

«Di che cosa parli?»

«Ha fatto una scenata al momento della sentenza di Reginald Ambler. Ho cercato di calmarla, ma non smetteva di gridare. L'ho portata fuori a prendere una boccata d'aria. Mi strillava contro come se fossi stato io... Poi lui è uscito dal tribunale e ci è passato di fianco senza dire una parola. Shirley ha cercato di aggredirlo. Per farla breve, è intervenuta la polizia e le ha trovato un medico. Anche Gus ovviamente era un po' agitato. Lei non ha voluto che li accompagnassi a casa...»

Oh, Soph, non crederesti all'entità del danno...

«Sembra un paesaggio di Gehry», osserva papà a bassa voce, fissando la strada bagnata oltre il parabrezza. «L'architetto che ha progettato il museo Guggenheim di Bilbao. Forme strane e bordi dentellati. Nessuna linea dritta.»

Mette in moto e i tergicristalli ci sgombrano la vista. Mentre ci allontaniamo, alzo gli occhi verso l'appartamento di Sophie e vedo che Gus ci guarda dalla finestra, dietro la tenda di tulle color crema. Saluto con la mano, ma non ricambia. Forse con la pioggia non riesce a vedere...

Quando torniamo a casa mamma ci ha preparato una minestra fumante. Mangio lentamente al tavolo della cucina. Papà provoca Barker che ne fa di ogni per avere uno spruzzo di panna montata che dondola allettante sulla sua testa di credulone.

«Come sta Shirley?» chiede mamma togliendo a forza la bomboletta di panna dalla mano di papà e rimettendola in frigo con sguardo severo. «Dieta canina, ricordi?» gli sussurra pungente. Lui si accovaccia vicino a Barker e finge di tenere il broncio. Mia madre non reagisce. Sembra stanca delle buffonate di papà.

«Era strana», rispondo senza alzare gli occhi dal piatto. Preferisco che sia mio padre a parlargliene più tardi.

«Gli addii sono sempre difficili. E ogni volta che ti vede deve pensare...» la voce di mamma si affievolisce.

«Pensare cosa?» insisto.

«Che noi siamo stati fortunati. Che la vita è tanto ingiusta.»

Ho ben presente l'abbraccio di Shirley. C'era dentro amore sincero, non rabbia. Mamma si sbaglia. Shirley non vive in un viale alberato e non è abbastanza fortunata da avere una macchina nuova e fare le vacanze in Francia. Ma è affettuosa, gentile e affranta.

Squilla il telefono. Cassie risponde e me lo porge. Sgrano gli occhi. Harry?

«Pronto?» Sento un respiro pesante.

«Sei Amy?» chiede una voce femminile giovane e sicura di sé.

«Sì», rispondo confusa.

«Sono la sorella di Harry.»

Sento altre voci giovani in sottofondo e il suono intermittente di risate registrate provenienti da un televisore.

«Harry ti ha scritto un messaggio e l'ho messo nel sacchetto di patatine per non perderlo. Mamma l'ha buttato via, ma l'ho ritrovato ed è tutto schifezzato di salsa di pomodoro, cibo per gatti e altra roba del genere, ma te lo leggo, d'accordo?»

«Sì», faccio io, ridotta a monosillabi, in preda all'improvvisa paranoia che Harry sia troppo malato per parlare di persona.

«Scemì», inizia Sorcha, accentando la sillaba sbagliata.

«Scemi», la correggo.

Sospira infastidita. «Scemi, mi stanno torturando qui a Londra. Chiama Amnesty International e il ministro dell'Interno per ottenere il mio rilascio immediato. Anzi, no. C'è un'infermiera megaintrippante di nome Flavia che ha un paio di gambe splendide e balla il can can solo per me. Va bene, è così soltanto nei miei sogni. Sto prendendo dei farmaci molto forti che mi fanno avere allucinazioni tutto il tempo. Ho visto la foto di te e della tua nuova gamba di Barbie e ho pensato che fossi piuttosto carina, il che conferma quanto ho appena detto. Allora, come va nel mondo reale? Sono confinato a letto a tempo indeterminato per cattiva condotta, perciò non mandarmi e-mail. Scrivimi presto, razza di sciocchina sgambata. Reparto otto. Oncologia. Guy's Hospital. Londra. Harry.» Sorcha, che ha pronunciato tutto con la stessa monotonia, si schiarisce la voce.

«Harry è molto malato?» chiedo all'ambasciatrice contrariata.

«La settimana scorsa è morto. Quasi. Poi è migliorato», risponde prosaica.

D'un tratto ho il cuore in gola. «Posso parlare con tua madre, per favore?»

«È in bagno. Devo andare adesso. Ciao.» E cade la linea.

Nel vedere il mio volto pallido e sconvolto, mamma entra subito in azione. Troviamo il numero del Guy's Hospital sulla guida del telefono e lei si fa passare l'accoglienza del reparto di oncologia.

«Sì, pronto, mi chiedevo se fosse possibile parlare con uno dei vostri pazienti, per favore, Harry Higgins, reparto otto. Grazie.» Incrocia le dita. Sento di nuovo la stessa voce. Mamma scuote il capo. «Dorme», mi dice in un sussurro. «Capisco. Grazie. Ehm, è possibile lasciargli un messaggio? Da parte di mia figlia Amy.»

Dio, che cosa posso dire che non suoni grossolano e patetico?

«Piantala di fare la primadonna ed esci di lì», esclamo.

Mamma sembra presa alla sprovvista e inarca il sopracciglio come per dire: Sei sicura? Annuisco e ripete le stesse parole nel ricevitore, aggiungendo: «Sono grandi amici. Si prendono sempre in giro».

«Starà bene», faccio io, quando mamma posa il ricevitore e mi prende le mani. «Sì, per forza.»

19

ASPETTO il postino come ogni giorno (devo cronometrarlo mentre sale e scende il vialetto, è una fissa tutta mia), perché so che ormai Harry avrà ricevuto la mia lettera e avuto il tempo di rispondere. Quando Quiche (il cui vero nome è Keith, ma io e Cassie non riuscivamo a dirlo da piccole) arriva a lunghi passi alla nostra porta e mette le lettere nella casella, vedo qualcosa di lucido e colorato fra le solite bollette e le buste marroni.

Una cartolina indirizzata a me con la ruota panoramica di Londra. Una freccia indica una delle navicelle più alte e una scritta scarabocchiata dice: «Cavia umana si sottopone a una nuova terapia contro le vertigini».

Harry.

Sul retro ci sono solo tre righe e il mio indirizzo: «Cara Scemi, confermo, non sono morto, grazie del messaggio. H.».

D'un tratto la giornata sembra molto più radiosa.

Oggi andiamo a trovare Sophie, o almeno dove è sepolta. Mamma crede che sia una buona idea vedere dove giace. Sarà il mio addio finale. Ho già dato gli ultimi abbracci a Dan e alla squadra, alla mia insegnante, la signorina Gates (che mi ha bombardata di appunti delle lezioni e di compiti in tutte le materie), e ai miei compagni di scuola. Con gli abbracci ho finito.

Abbiamo portato dei vasi di ciclamini da mettere sulla tomba. Dovrebbero fiorire fino a primavera. Sophie rideva sempre alla vista di quei fiori. Li chiamava «malaticci».

Sono contenta che sia una giornata limpida e soleggiata. Io e mamma abbiamo messo tutte e due gli occhiali da sole, il che è strano per essere ottobre. Il cimitero si trova nel parco della St. Christopher's Catholic Church alla periferia della città. Mia madre dice che prima del funerale non sapeva che gli Haynes fossero religiosi. Ricordo che Shirley ha un crocifisso sul muro del soggiorno sopra la stufa a gas e che Sophie mi aveva detto che i suoi genitori non erano divorziati: a) perché non gli era permesso e b) perché Shirley non riusciva a trovare il padre di Sophie per poter divorziare da lui.

Credevo che ci dicessimo tutto.

Non sapevo che fosse cattolica, che credesse nella Bibbia e tutto il resto. Diceva sempre: «Dio santo, Amy!» e a scuola non pregava mai con gli occhi chiusi. Anzi è stata lei a storpiare *L'alba è sorta* in *Il sonno è alla porta* e *Sono felice della vita e del cielo blu* in *Sono felice che è finita non ne posso più.*

Mi manca il suo modo di farmi ridere.

Io e mamma camminiamo sottobraccio sui sentieri di ghiaia che si intersecano nel cimitero. I ciclamini dondolano fuori dal sacchetto che si porta appresso.

Alcune lapidi sono così vecchie che le parole non si leggono più. Ci sono parecchie tombe di grandi dimensioni con dentro famiglie intere, il che è sinistro. Alcune hanno in cima delle aquile di pietra con le ali spiegate. Hanno l'aria di volerti cavare gli occhi.

Molte tombe sono invase dalle erbacce, come quella di «Billy Tyler, 19 anni, figlio amato di Ena ed Edward, deceduto nella Battaglia della Somme nel 1916. Campione di biglie di Warsop nel 1912-13».

«I suoi famigliari probabilmente sono morti o si sono trasferiti ormai», osserva mamma, «e così nessuno si prende cura della tomba.»

Povero Billy, chissà cosa è stato delle sue biglie.

Sophie è in fondo, nell'angolo destro vicino a una siepe sempreverde. Due passerotti saltellano nei pressi della lapide. Volano via quando ci avviciniamo, allarmati dal rumore delle mie stampelle che stridono sulla ghiaia.

Mia madre vuole andare a vedere i dipinti nella chiesa; splendido, perché ho bisogno di restare un po' sola con Sophie. Mamma si allontana in silenzio. Sento delle fitte nel moncone e sposto il peso sulla gamba sinistra. Sono stranamente in imbarazzo qui. Imbarazzo perché non ho trovato il coraggio di venire prima. Imbarazzo perché sono disabile. E sono quella che è sopravvissuta.

Non so bene che cosa mi aspettassi, ma non succede niente. Sophie non dice con voce stridula: «Perché ci hai messo tanto?» oppure «Oddio, cos'è successo alla tua gamba?» Non mi strappa di mano le stampelle esclamando: «Che bellezza, posso farci un giro?» e nemmeno: «Dài, usciamo di qui».

Silenzio, a parte il dolce cinguettio degli uccelli. Volevi uno squillo di trombe, Amy? Quale idiota si mette a parlare a una tomba?

È strano, ma succede una cosa curiosa in presenza dei morti. Si fa tutto molto piano, come se qualsiasi movimento o rumore improvviso possa disturbare la loro pace. Mi chino per sistemare i quattro vasi di ciclamini accanto alla lapide. Ci sono già dei fiori gialli, ormai appassiti, sbocconcellati da minuscoli becchi in cerca di cibo. Vicino c'è un orsacchiotto marrone, il pelo arruffato e malconcio dopo quattro mesi all'aperto. Lo riconosco, è Melassa; Sophie lo portava a letto con sé ogni sera. Cerco di lisciargli il muso peloso, gli do un bacio e lo rimetto al suo posto con dolcezza.

Dopo un po' mi sforzo di alzare gli occhi e leggere le parole incise sotto le date sulla lapide di Sophie. C'è scritto:

IN AFFETTUOSO RICORDO DI
SOPHIE HAYNES, 13 ANNI,
FIGLIA DI SHIRLEY E SORELLA DI GUS
CONTINUA A CORRERE E A ESSERE LIBERA
TI VOGLIAMO BENE

È vero, allora. È davvero qui, sottoterra.

Vorrei che ci fosse scritto qualcosa a proposito dei millecinquecento metri vinti da Sophie negli ultimi Giochi della Gioventù, perché con il tempo non ci saranno più parenti a ricordare i suoi successi, e gli estranei passeranno accanto alla tomba ignari del fatto che è stata una campionessa.

Chissà che cosa sarà scritto sulla mia.

Penso che tutti debbano avere una lapide che elenca gli eventi importanti della propria vita. Perfino gli animali. «Qui giace Barker, amato animale domestico della famiglia Curtis. Nella sua vita ha mangiato duemila rossetti e quattrocentocinquanta buste da lettera...»

Il sole caldo mi accarezza il viso. Mi appoggio alla lapide e chiudo gli occhi, ho molta meno paura adesso. Non è un posto così spaventoso. Volevo dire qualcosa a Soph a proposito di non dimenticarla mai, ma nella serenità di questo silenzio sembra non avere importanza. Sarò banale, ma la sua presenza è ovunque. Non è solo in terra. I pensieri si mescolano con lei proprio come i ricordi di lei vivono e danzano nella mia mente.

Non ti sto lasciando, Soph. Sarai sempre con me.

Quando apro gli occhi, mamma è lì, mi sorride. I raggi del sole la circondano facendola brillare. Sembra un angelo. Mi porge la mano per aiutarmi ad alzarmi.

«Ti sono piaciuti i dipinti?» chiedo.

«Troppe madonne», risponde storcendo il naso. «Ho acceso una candela per Sophie e ho chiesto a tutte di tenerla d'occhio.» Ammicca. Mi piace che riesca a essere divertente quando si tratta di cose serie. Camminiamo lungo i sentieri verso la macchina e un merlo saltella vicino a noi, fermandosi ogni tanto per beccare un verme da terra. Vola sul cancello ad arco che dà sulla strada e cinguetta una fantastica canzone.

E d'un tratto giunge alle mie orecchie, portata dalla brezza, mentre volteggia fra gli alberi e i prati, ruzzola sui cancelli e le siepi... la risata di Sophie, forte e inconfondibile. Credo che anche mia madre la senta.

Da: amycurtis@ntlworld.com
A: ralphrabbioso@hotmail.com
Oggetto: Scatoloni

Ciao Patatino,
grazie della cartolina. Mi hai fatto stare un po' in pensiero... Che cosa ti stanno facendo a Londra? Voglio TUTTI i dettagli. La ruota sembra magnifica. Papà dice che quando andremo a vivere a Brighton saremo a soli quarantasette minuti di treno da Londra, quindi possiamo visitare la città. Se vuoi verrò a trovarti, anche se dovrò infilarti dopo il Museo di storia naturale e l'*Hard Rock Café*.
Ci sono scatoloni ovunque e Barker sta triturando i giornali che usiamo per avvolgere gli oggetti. La mia vita sta in quattro casse. Cassie ne ha sette (una solo per le lettere d'amore di Marcus, bleah!). Non riesco a credere che domani andiamo via di qui.
Spero che tu stia meglio. Non preoccuparti di rispondere perché stasera mio padre impacchetta il computer, perciò la prossima e-mail che ti mando sarà da Brighton!
Per ora ciao
Scemi

Da: ralphrabbioso@hotmail.com
A: amycurtis@ntlworld.com
Oggetto: Scatoloni

Scemi,
grazie del messaggio. Sono venuto proprio adesso a controllare la posta. È spaventoso! Sono annoiatissimo. Al momento mi trovo in una stanza da solo per via:

a) del colore oltraggioso del mio pigiama nuovo (pappagallini verdognoli). Colpa di mamma;
b) della mia «depravazione morale» (ho vinto venti sterline giocando a Dubito con le infermiere);
c) di Ralph (ha cercato di mordere l'oncologo e adesso è in quarantena, anche se la protezione animali si sta battendo per il suo caso).

Per cui venire a trovarmi adesso potrebbe essere complicato. Forse ti divertiresti di più al Madame Tussauds, le statue di cera sembrano più vive del sottoscritto. Magari a fine mese andrebbe meglio, per allora Ralph e io dovremmo essere tornati in circolazione.
Buona fortuna per il trasloco. Mandami le foto della casa nuova.
Harry

20

«Ecco le colline», dice mamma mentre ci avviciniamo a una catena di alture che si staglia all'orizzonte.

Batto le palpebre per sforzarmi di aprire gli occhi. È da quando abbiamo lasciato Nottingham che dormo. Adesso il paesaggio è completamente diverso.

«Si estendono da Winchester a Eastbourne per circa centotrenta chilometri», aggiunge. «Una volta le ho attraversate a piedi con un fidanzato dell'istituto d'arte. Vivevamo di panini e fagioli in scatola.»

Mia sorella e io ci scambiamo un'occhiata. È difficile immaginarsi mamma che fa vita selvaggia. Però si spiega la sua violenta repulsione per i fagioli in scatola.

Cassie ha ancora gli occhi cerchiati di rosso. La separazione da Marcus sulla porta di casa, che ha richiesto un mucchio di sbaciucchiamenti e fazzoletti accartocciati, è stata, per dirla con parole sue, «molto traumatica».

Dei conigli saltellano nel rondò alle porte dell'area urbana di Brighton e di Hove e ci sono tanti parcheggi ovunque, su cui si affacciano case enormi. Papà apre il finestrino e si sente l'odore del mare. I gabbiani beccano nei cestini della spazzatura fuori dai caffè. Una limousine dai vetri scuri (tipo quelle delle star) ci passa accanto silenziosa e prosegue in direzione opposta. Un giovane dai capelli sporchi è seduto in un sacco a pelo sulla porta di un negozio e chiede l'elemosina.

«Ma è terribile», fa Cassie. «La polizia dovrebbe portarlo via.»

Cinque minuti dopo parcheggiamo nel nostro nuovo vialetto davanti alla casa che negli ultimi due mesi abbiamo studiato in fotografia. Sembra più malandata rispetto alla foto, che era stata scattata in estate, quando tutti i fiori splendevano di colori. Dai vasi di terracotta penzolano steli morti e l'aiuola vicino al sentiero è piena di erbacce marroni.

Mia sorella si è già accaparrata la stanza che guarda il parco ed è seduta sul letto con aria di sfida, decisa a non spostarsi.

Sono proprio felice di avere la stanza più piccola sul retro; la finestra inquadra lo stagno nel giardino interno, ed è rivolta a est, il che significa che posso vedere sorgere il sole, un'abitudine che risale alla mia vecchia vita. Ci sono delle tende blu con i cani, lasciate dai precedenti proprietari, e il poster di un golden retriever ancora attaccato all'anta dell'armadio a muro. Dovevano essere persone simpatiche.

Faccio qualche foto con la macchina digitale di papà in modo che poi posso spedirle a Harry, sperando che legga di nuovo la posta. Mentre gli addetti al trasloco scaricano i nostri mobili, mi siedo sul muretto davanti al giardino e fotografo diversi angoli della facciata dell'edificio, con le alte finestre scorrevoli e i muri bianchi ricoperti di quella pianta rampicante. Dev'essere glicine. Mamma dice che il nome vero è *wisteria*. Papà ha detto che è quello di cui soffre Cassie. Ah, ah.

Sento Barker che zampetta sui pavimenti di legno lucidati; ogni volta che gira un angolo scivola. Quando abbaia, rimbomba tutta la casa.

Cassie non si lascia impressionare tanto facilmente. «La odio», si limita a dire passandomi accanto stizzita e tornando in macchina, dove scoppia subito in lacrime.

È tardi ormai; è una notte stellata (come nella canzone preferita di mamma *Starry, Starry Night*). Mangio patatine fritte nel giardino sul retro e guardo Barker che fissa i pesci nello stagno. L'aria è piena di incenso, che si diffonde dalla seduta di meditazione dei vicini. Deboli melodie al sassofono fluttuano nel parco buio. La luna nuova mi sorride, come un'unghia dei piedi luccicante. Un pipistrello svolazza intorno alla mia testa e si lancia su un alto albero. Fa freddo qui, penso rientrando in casa.

Mamma mi ha fatto il letto e ha messo lo spazzolino e il dentifricio sul lavandino azzurro nell'angolo. Adesso ognuno di noi ha il suo lavandino, papà dice che è un vantaggio delle case vittoriane. Guardo un'ultima volta fuori dalla finestra. Barker sta ancora fissando i pesci. Muove la testa al rallentatore, seguendoli mentre nuotano in tondo nello stagno. Ha le orecchie piegate e dimena la punta della sua grossa coda pelosa, come fa sempre quando crede di sapere qualcosa che tu non sai. Ovviamente si è nominato capo guardiano dei pesci, che è una promozione da capo masticatore di rossetti.

Chiudo le insolite tende con i cani, mi siedo sul bordo del letto, sfilo i jeans e slaccio la gamba mettendola con cura vicino al comodino. La calza è ancora infilata nel piede e fa un effetto strano. Negli ultimi tempi mamma si è lamentata perché la lascio in giro per terra e «uno di questi giorni, qualcuno ci inciamperà e si farà male». Si sente subito in colpa quando lo dice, ben sapendo di usare lo stesso tono con cui sgrida Barker quando lascia in giro le sue ossa giocattolo.

«Mi piacerebbe molto non doverla togliere, mamma», rispondo, ferita.

«Mi dis... Oh, Amy», mormora stringendomi fra le braccia. Mi rendo conto che forse lei sta facendo più fatica di me ad accettare l'idea che la mia vera gamba non ci sia più.

A tredici anni uno di certo non si aspetta di dover riordinare le proprie gambe...

21

Da: ralphrabbioso@hotmail.com
A: amycurtis@ntlworld.com
Oggetto: Curtis Towers

Cara Scemi,
la nuova casa sembra uno schianto. Magari verrò a trovarti... quando la tua loffia sorella non c'è! Dirò a mamma di spedirmi per posta, visto che ormai sono alto solo mezzo centimetro: la macchina che stanno usando per far fuori Trevor ha degli effetti collaterali infelici. Risparmierò una fortuna in biglietti ferroviari. Attenta a non farti cavare gli occhi dai gabbiani. Allego una lista di regali di Natale, così hai tutto il tempo per prendermeli!
Harry

Da: amycurtis@ntlworld.com
A: ralphrabbioso@hotmail.com
Oggetto: Curtis Towers

Caro Patatino,
ho letto la tua lista, ma temo che le occasioni di usare

uno snowboard a Nottingham siano limitate. E sarà difficile spedire dei pesci tropicali. Ma c'è un grande acquario qui, potremmo fare il tour «a spasso con gli squali» insieme, che dici?
Scemi

Da: ralphrabbioso@hotmail.com
A: amycurtis@ntlworld.com
Oggetto: Curioso

Da quando gli squali vanno a spasso? Mi sa che Brighton è un posto strano.
H

Doveva succedere. Speravo solo non oggi.

Mamma insiste per portarmi a fare le spese di Natale. Dice che è stanca di vedermi con i pantaloni elasticizzati e le scarpe da ginnastica vecchie. Ha in mente di rinnovare il mio guardaroba.

«Ma i negozi saranno pieni di gente, e ci sarà quella musica orrenda e tutte le commesse indosseranno degli stupidi cappelli da Babbo Natale...»

Ce l'ho messa tutta per smorzare il suo entusiasmo. Ma quando le viene il pallino dello shopping non c'è modo di fermarla.

Non ho ancora mostrato al mondo la mia nuova gamba. Non sono pronta a restare in coda con altre ragazze che aspettano di provarsi cinque sfavillanti vestiti di Natale a testa. Se intravedessero le mie cinghie nello specchio del camerino, con tutta probabilità strillerebbero.

Cerco di spiegarlo alla mamma mentre ci prepariamo per uscire.

«Basta non essere imbarazzate e nessuno ti guarderà», suggerisce.

Oh, ma certo. Come se su duemila persone stipate nel centro commerciale nessuno si accorgesse della mia camminata da clown o delle mie stampelle.

L'unica cosa buona di questa spedizione è che per arrivare al parcheggio multipiano bisogna passare di fronte al mare. C'è un enorme albero di Natale proprio all'ingresso del molo di Brighton, e i ragazzi pattinano sulla pista provvisoria poco distante. Il mare d'inverno è color piombo, solcato da cavalloni bianchi. Molte persone fanno jogging sul lungomare. Qualcuno fa volare un aquilone sulla spiaggia. Un grosso cane meticcio grigio corre accanto a un uomo in bicicletta tenendo il passo.

C'è gente di ogni tipo. La maggior parte però ha due gambe.

Ci vuole un secolo per trovare parcheggio con la ressa natalizia. Mia madre è irremovibile. Prima vuole che rovistiamo in un grande magazzino. Saliamo su un ascensore spazioso ed emergiamo in una calca di gente che fa acquisti. È giorno di offerte speciali e tutto è scontato del venti per cento.

Nel reparto «Abbigliamento ragazzi» i miei coetanei mi fissano. È difficile guardare fra gli appendiabiti e al tempo stesso tenere le stampelle. Prendo un paio di pantaloni blu aderenti con una striscia bianca sui fianchi e spero che mamma ne sia contenta.

«Non sono molto eleganti, non trovi?» osserva. «Ti servono dei pantaloni per andare fuori.»

«Fuori dove?» chiedo sospettosa.

«Alle feste e a casa di altre persone», continua vaga.

Mmh. Pronto? Non ho amici qui...

«Questi pantaloni mi piacciono proprio tanto», insisto enfatica.

«Va bene. Ma non abbiamo fatto tutta questa strada solo per un paio», ribatte mamma frugando fra i jeans a sigaretta.

Prima di rendermene conto, sto entrando nel camerino con quattro paia di pantaloni e tre maglioni. Mamma è fuori, aspetta che esca e sfili. Appoggio le stampelle sul muro divisorio e mi tolgo la giacca imbottita. Per slacciare le scarpe da ginnastica devo sedermi sulla sedia. È davvero ingegnoso come Ed ha armonizzato la gamba finta a quella vera. Con le calze sembrano proprio uguali. Mi dimeno per uscire dai pantaloni della tuta, mi alzo e prendo il primo paio di pantaloni dal gancio.

Ma poi vedo qualcosa di sconvolgente nei tre specchi del camerino che riflettono il corpo da ogni angolazione.

C'è una ragazza con un moncone spaventoso fissato con le cinghie a una gamba finta. Una ragazza che ha perso la sua forma atletica e le spalle forti, che è un po' sovrappeso nella zona della pancia e ha i capelli in disordine. Una ragazza dai seni piccoli che sembrano appartenere a un'altra e che crescono sotto il maglione a coste. E un sedere che si ingrandisce a vista d'occhio come una pesca che sta maturando...

La ragazza sono io. Quasi non mi riconosco.

Mi siedo di nuovo, sopraffatta dalla terribile verità del mio riflesso. Sono brutta, brutta, brutta.

Dapprima le lacrime scendono piano, a piccole gocce dagli angoli degli occhi. Ma non si tratta solo dei sacchi lacrimali. Tutto il corpo piange se stesso, e ben presto mi ritrovo a singhiozzare.

Una commessa che distribuisce le schede di plastica con indicato quanti indumenti si provano, si sofferma davanti alla tenda del mio camerino.

«Va tutto bene lì dentro?» chiede esitante prima di scostare la stoffa blu. Resta a bocca aperta alla vista non di una gamba finta, ma di un'infinità di gambe finte nel prisma degli specchi appositamente studiati per permettere di contemplare molteplici versioni di se stessi. «Mi dispiace tanto», mormora.

«Anche a me», gemo. E poi mamma arriva in soccorso e mi stringe fra le braccia, chiude la tenda e mi asciuga le lacrime, tutto in una volta.

«Sono orribile», dico fra i singhiozzi. «Il mio corpo non mi piacerà mai più. Mai...»

Mamma mi stringe forte finché smetto di sussultare. Poi mi prende il viso tra le mani e mi guarda, molto intensamente. «Ascoltami, Amy. Adesso l'unica cosa che vedi quando ti guardi allo specchio è quello che manca. Quando ti guardo io invece, vedo una splendida giovane donna piena di promesse e con una vita meravigliosa davanti...»

Annuisco. Ma dentro di me so che le mamme devono dire certe cose. Fa parte del loro lavoro.

22

QUANDO arriviamo a casa papà è sulla porta e ha un'aria entusiasta. Prima che mamma possa raccontare qualcosa del mio traumatico incidente, mi chiede di chiudere gli occhi e mi guida dentro. C'è un forte aroma di pino.

«Apri!» esclama.

È un enorme albero di Natale decorato con lampadine bianche. Dev'essere alto più di due metri. Arriva fino al soffitto della sala. Abbraccio forte papà. Questo è meglio di dieci paia di stupidi pantaloni.

«Appendi una decorazione e poi esprimi un desiderio», mi invita mamma porgendomi la scatola di ciondoli sgargianti, stelle fatte a mano e fili d'argento multicolori.

Cassie compare dalla cucina e prende un pupazzetto d'argento con lo spartito in mano. Lo appende a un ramo. Si capovolge subito, cade e si frantuma sul pavimento.

«È la forza di gravità», cerca di consolarla mio padre. A dire il vero credo che abbia più a che fare con il desiderio che senz'altro stava esprimendo: rivedere Marcus e sentirlo cantare una serenata per lei sotto il vischio. Il destino sta cercando di dirle qualcosa.

«Comunque decorare l'albero è da bambini», dichiara stizzita.

Papà mi sta guardando. Ha la faccia di chi cercherà di evitare che la mia decorazione si frantumi a terra, visto che già buona parte della mia vita è andata in mille pezzi.

Rovisto finché non trovo l'uccellino azzurro e argentato dalla morbida coda bianca, il mio preferito di tutta la nostra stramba collezione. Da quando avevo tre anni sono sempre stata affascinata dal suo bel muso e dalla morbidezza delle piume. Secondo mia madre canta una canzone magica che nessuno di noi può sentire. Canta solo a Natale, quando è libero di cinguettare durante i festeggiamenti.

Lo appendo con cura su un ramo a mezza altezza. Le luci si riflettono sul suo corpo di metallo. Ondeggia su e giù con il movimento degli aghi di pino scossi.

«Esprimi un desiderio», sussurra mio padre che ha già gli occhi chiusi.

È sempre così difficile trovare un desiderio. La pace nel mondo, la fine della fame in Africa, la messa al bando di ogni tipo di terrorismo, delle suonerie dei cellulari con la musica di Mozart e di quelle ripugnanti patatine al bacon... E soprattutto, un messaggio di Harry che dice che Trevor se n'è andato per sempre.

E riportare indietro il tempo, invece? Be', è un'idea. Basterebbe un desiderio? Sarebbe una cosa tanto egoista da chiedere? Essere egoisti è sempre sbagliato? (Anche se siamo noi ad avere un problema di salute?)

«Conservo il mio desiderio per un'altra volta», rispondo confusa a papà.

Annuisce e mi mette le mani sulle spalle.

«È sempre bene averne uno di riserva», soggiunge per farmi sentire meglio.

Si china e mi fa segno di salirgli sulla schiena, come quando ero piccola. Non è difficile come credevo. La gamba sinistra ormai è abbastanza forte e mi dà un bello slancio verso l'alto. Mi aggrappo al collo e strillo. Inizia a galoppare, dentro e fuori dal soggiorno, in sala da pranzo, in cucina, su e giù per l'ingresso... Si unisce anche Barker e ci abbaia contro in modo ossessivo, sbandando negli angoli nel tentativo di raggiungerci.

Infine papà mi rimette delicatamente sulle scale e rimane lì, ansima, ride e bofonchia al tempo stesso, fra i miei piedi. Mi accorgo che sta diventando sempre più pelato.

Chissà che desiderio ha espresso. Più capelli, forse...

23

Da: amycurtis@ntlworld.com
A: ralphrabbioso@hotmail.com
Oggetto: Pacco

Ciao Patatino,
come stai? È un po' che non ti sento, perciò mi chiedevo se tu e Ralph siete scappati e siete ancora in fuga, il che sarebbe proprio un peccato, perché ti ho spedito un pacco per impedirti di diventare un noioso vegetale. Ho fatto il biglietto con il nuovo programma Photoshop di papà. C'è voluta un'ora perché Barker restasse immobile con il cappello in testa, e poi ha sbadigliato nel momento sbagliato, ma Cassie dice che sembra che canti *Bianco Natal*. Comunque buon Natale.
Con affetto,
Amy

Da: ralphrabbioso@hotmail.com
A: amycurtis@ntlworld.com
Oggetto: Pacco

Ciao Scemi,
grazie per l'intrippante libro di Sudoku e per il biglietto. Spero che tu stia passando un bel Natale. Qual è il regalo più bello che hai ricevuto? Il mio è: essere a casa (sorpresa!). Oggi ho bevuto la mia prima Coca-Cola da un mucchio di tempo a questa parte (e ho vomitato). L'infermiera che mi piace mi ha regalato una T-shirt con la sua foto. (Era in cima alla lista di regali che ho appeso in fondo al letto!)
La prossima volta che ci vediamo potremmo farci una partita a Sudoku. Suppongo che ti straccerò. Buon anno nuovo eccetera (ci siamo arrivati!).
Un abbraccio vegetale
Harry

La mattina di Natale. L'erba nel parco è ricoperta di brina e il cielo è azzurro e terso. Ma non ricevo la telefonata di Sophie; chiamava sempre fingendosi Babbo Natale. Diceva: «Oh, oh, oh» nel rotolo vuoto della carta igienica che le rendeva la voce profonda e mascolina. Ci sedevamo sul letto, nello stesso momento, dicendoci i regali che avevamo ricevuto. Anche Gus saltava sul suo letto e supplicava di salutarmi per poi essere bandito dalla stanza.

Da quelle parti si festeggia il Natale, Soph?

Chissà che cosa stanno facendo Shirley e Gus quest'anno. Non hanno mandato biglietti d'auguri, anche se gliene ho inviato uno. Forse si sono dimenticati di spedire il loro per tempo.

Siamo tutti in soggiorno: mamma, papà, Cassie, Barker e io. C'è un fuoco splendido nel camino e mamma ha acceso le candele alla cannella. Sto scartando il regalo di nonna May dall'Irlanda. Mamma sembra un po' tesa, e a ragione. Sono un paio di calze con le dita. Mia madre impallidisce. Cassie ridacchia. La bocca di papà si spalanca per lo stupore.

«Sai che vive in un istituto e che non c'è più con la testa», spiega mamma mentre me le toglie di mano, le appallottola e le rimette nella carta.

Il dono di famiglia che preferisco è quello da parte di Barker, che mi ha regalato una chitarra (molto generoso) e un buono per dieci lezioni.

Di solito mi compra un asciugamano nuovo per la piscina con un cane disegnato. Quest'anno ha pensato che uno strumento musicale che si può suonare da seduti fosse più appropriato. Lo abbraccio e lo ringrazio.

«Non è giusto», si lamenta Cassie. «A me ha regalato soltanto i rollerblade...» Mamma le lancia un'occhiata che dice «Chiudi il becco» e che io non dovrei notare.

Barker non si accorge di nulla: sta mordendo un giocattolo nuovo a forma di gatto che ha scartato con i denti. Gli ha già strappato a morsi un orecchio.

Il più bel regalo di tutti è da parte di Harry, che mi ha mandato dei cioccolatini speciali. «Oooh», esclamano mamma e Cassie guardandosi mentre lo apro. Ho le orecchie rossissime per l'imbarazzo.

«Quanti baci ti manda nel biglietto?» chiede mia sorella ficcanaso.

«Tanti», rispondo fredda.

«Tanti?» ripete papà sorpreso.

«Siete innamorati», afferma Cassie trionfante.

«Invece no. Sta' zitta», taglio corto in tono davvero insopportabile. Gli occhi di mamma suggeriscono agli altri di lasciar perdere. Cassie sogghigna. Perfino mamma ha il sorriso sulle labbra.

Per mia fortuna, c'è un diversivo, che prende le sembianze di regali misteriosi avvolti in una carta blu luccicante. Non ci mettiamo molto a indovinare che sono da parte dei pesci nello stagno, che, magnanimi, ci hanno regalato due magliette con dei delfini di un azzurro intenso e con gli occhi di plastica mobili (papà dice che non si può pretendere che i pesci abbiano buon gusto).

Joan, la nostra ex vicina, ha mandato a ognuno di noi un fazzoletto con le iniziali ricamate in un angolo. Sfortunatamente le ha confuse, così sono diventata «A.G.» anziché «A.E.» (Amy Ellen, dal nome di mamma.) La mia cara sorella, contessa Cassandra Georgina, non è affatto colpita e insinua che probabilmente Joan li ha ricavati da un paio di mutande vecchie. Il suo l'ha buttato nella spazzatura. Il mio, invece, lo tengo e lo metto sotto il cuscino.

Cassie fissa teneramente la foto incorniciata che le ha spedito Marcus. Lo ritrae vestito di pelle dalla testa ai piedi, a cavalcioni di una grossa moto (l'Harley di suo fratello) con una sigaretta che gli penzola dalle labbra.

«Non sapevo che fumasse», fa notare mamma, con tono di disapprovazione.

«Infatti», risponde Cassie, sulla difensiva, «ha smesso quando mi ha conosciuta.»

«Mmm», fa mamma storcendo le labbra.

«Non è giusto, critichi sempre i miei amici. Non è che MI DROGO o FACCIO SESSO, dovresti essere felice», sbotta uscendo stizzita dalla stanza. I miei la guardano a bocca aperta. Dopodiché papà si versa un bel bicchiere di brandy.

Per rallegrarci e favorire la digestione del nostro pranzo vegetariano, mio padre ha proposto una passeggiata al mare. Di solito non usciamo mai il giorno di Natale. È una splendida idea. Come sempre c'è un mucchio di gente ovunque. Mamma è seduta con me su una panchina del lungomare mentre Cassie e papà lanciano sassi in acqua. Barker se ne sta sui ciottoli a mordere seppie morte.

Mia sorella prova i suoi rollerblade nuovi e dopo una partenza traballante aggrappata al braccio di papà, sembra trovare un equilibrio naturale. Con le graffette ha pinzato insieme le mie calze con le dita e per farmi ridere le ha messe a mo' di sciarpa. A volte, non è poi così male. Gran parte del tempo, però, è proprio fastidiosa. Mia madre dice che siamo diverse e che forse quando saremo grandi andremo più d'accordo.

Il sole inizia a tramontare dietro il molo, e un'intera colonia di storni si lancia in picchiata sullo sfondo giallo rossastro in formazione perfetta. Le spiagge sono piene di gente del posto e visitatori che guardano questa danza magnifica. Ci sono famiglie, coppie e passeggatori solitari, tutti sono fuori a respirare l'aria fresca del mare in questo giorno speciale, uniti nello spettacolo aereo del momento.

Vicino alla riva c'è uno strampalato club di canoa dove si stanno allenando. Gli uomini hanno dei fili d'argento sui caschi, uno è addirittura travestito da

Babbo Natale. Alcuni yacht all'orizzonte sembrano quasi immobili nella calma del pomeriggio.

Diversi fotografi muniti di zoom enormi si sono appostati vicino al molo vecchio, tentando di catturare gli ultimi raggi di luce che filtrano attraverso la struttura di ferro. Sull'ampia passeggiata, un acrobata sul monociclo, con un maglione rosso e il basco, intrattiene dei bambini che stringono i palloncini di McDonald's. La musica delle giostre si mischia con i *bip* e le suonerie elettroniche delle sale giochi, fluttua sulla spiaggia di ciottoli e poi sull'acqua.

A sole due ore di mare verso sud, i bambini francesi parlano della visita di Père Noël e si divertono con i giocattoli nuovi. A sole due ore. Sei mesi fa, sarei stata in grado di percorrere a nuoto quella distanza.

«Ho freddo, mamma», dico quando un brivido mi percorre la schiena. La temperatura non c'entra niente, anzi sembra più alta che a Nottingham. È il realizzare che non sentirò mai più l'oceano sfiorarmi la pelle mentre nuoto veloce fra le onde...

Quando arriviamo a casa mamma insiste per ficcarmi il termometro in bocca. Segna quasi trentanove. «Fila a letto», mi ordina.

E questa festa meravigliosa finisce così. Se non fosse per un evento del tutto inaspettato.

Mamma e papà stanno guardando i concerti di Natale in TV. Sembra che se la stiano passando meglio negli ultimi tempi. Lui canta in falsetto. Cassie gli dice di stare zitto perché non riesce a sentire il suo CD nuovo. Adesso canta anche mamma, è un pezzo acuto che parla di angeli, e squilla il telefono.

«Devo fare tutto io?» bofonchia mia sorella mentre

risponde nell'ingresso. Subito dopo è sulla porta della mia camera con il ricevitore in mano e mi fa un cenno.

«Chi è?» sussurro. Sento la testa pulsare. Non sono in grado di dire niente di sensato.

«Non saprei. Potrebbe essere un maniaco telefonico», risponde lanciando il ricevitore sul letto e facendo una smorfia.

Lo raccolgo cauta e me lo porto all'orecchio bollente. D'un tratto mi rendo conto di quanto vorrei che fosse Harry...

«Pronto?»

C'è una specie di respiro affannoso all'altro capo del telefono, come di qualcuno che si asciuga il naso nella manica, e poi un forte squittio. Quindi silenzio.

«Pronto?» ripeto.

«Ciao, 'Mì.»

«Ciccio? Ehi, Buon Natale.»

Altri respiri e squittii.

«Ho 'vuto un porcellino d'India per Natale», mi fa sapere piano Gus.

«Davvero? Che bello!» rispondo. «Come si chiama?»

«Colin», mormora.

«Perché parli piano, Ciccio?» gli chiedo. Sembra tutto così surreale, chissà che non stia davvero delirando e immaginandolo.

«Per-ché lui dorme nel mio pigiama.»

«Allora non muoverti troppo», gli suggerisco.

«Non ce l'ho addosso. Puah!» fa Gus sdegnato dalla mia stupidità.

«Hai ricevuto molti regali?» Cerco di riempire il silenzio prolungato della conversazione.

«Una gabbia e del fieno per Colin. Cioccolatini... mmm. E dei pennarelli», elenca ansimando. «Cos'hai 'vuto tu, 'Mì?»

«Una chitarra, dei vestiti e altre robe», rispondo senza nessuna voglia di descrivere le decine di doni ammucchiati sotto l'albero.

«Super.»

Era una delle espressioni di Sophie. Sento una stretta alla gola. «Hai mangiato il tacchino a pranzo?» domando a fatica.

«No. Hamburger e patatine.» Adesso ridacchia.

«Mi prendi in giro, Ciccio?»

«No, 'Mì. Mamma ha detto che potevo scegliere.»

«Noi abbiamo mangiato arrosto di noci.»

«Bleah», sbruffa.

«Stai guardando la televisione?» In sottofondo sento delle risate registrate.

«No. Guardo Colin.» Ridacchia di nuovo. «Mamma sta facendo un sonnellino. Oggi è il quarto. E sai una cosa?»

«Cosa?»

Stavolta dimentica di sussurrare. «Ha ancora su il cappello di carta che era dentro quello stupido tubo colorato che non ha fatto nemmeno *BANG!*»

Ohi, Gus, la mia testa fa già *bang* per i fatti suoi, grazie.

«'Mì? Mamma ha detto che devo esprimere un desiderio di Natale.» Sospira.

«D'accordo. Forza, allora», lo incoraggio massaggiandomi le tempie.

«Ho bisogno di una sorella nuova. Soph mi manca.» Gli trema la voce.

«Se vuoi posso farti da sorella», propongo. Mi bruciano gli occhi.

Vedi che vuoto hai lasciato nei nostri cuori, Soph?

Tira su forte con il naso e resta in silenzio qualche minuto.

«Colin si sta svegliando», mormora Gus. «Devo preparargli la cena.»

«Va bene, Ciccio. Mi ha fatto piacere parlare con te.»

«'Mì?»

«Sì?»

«Buon Natale.»

24

OGGI è il 6 gennaio. Nessuna e-mail da parte di Harry. Fa freddo e c'è vento. Mamma sta accompagnando Cassie a scuola. Io sono seduta dietro, diretta al primo appuntamento nel nuovo centro di riabilitazione.

Abbiamo detto addio all'anno vecchio con i suoi traumi e la sua tristezza. Ormai è stato «l'anno scorso» che ho perso la mia amica del cuore... e una parte essenziale del corpo. Sembra ieri. «Il tempo guarisce ogni cosa», è così che si dice. Io invece penso che ci prenda solo in giro creando una finta distanza fra noi e gli eventi dolorosi della vita. I ricordi restano impressi nelle nostre cellule per sempre. Mi sa che ho le paturnie di gennaio...

Ho altri due buoni propositi: essere più tollerante con mia sorella tenendo conto dei suoi difetti. E diventare una ragazza combattiva della serie gira-al-largo-da-me. Per quest'ultimo mamma dà la colpa agli ormoni. Da parte mia, non riesco a vedere il nesso fra le tette che mi crescono e la mia recente testardaggine, ma mia madre mi assicura che è normalissimo, dato che in passato ha consultato diversi guru sulla pubertà. Ho già capito che la testardaggine non è proporzionale alle dimensioni dei seni, visto che Cassie è super testarda e i suoi sono grandi come delle punture di moscerino.

Ci fermiamo davanti a un vecchio ospedale dai mattoni rossi in cima a una collina scoscesa. Mamma guarda con aria miope il grande pannello delle informazioni. Le frecce sono rivolte a destra e a sinistra a seconda del reparto.

«Crochi, la primavera è alle porte», esclama mentre viaggiamo a passo di lumaca su una strada stretta che curva davanti all'edificio principale e sale ripida. Le corolle di un giallo vivo sono rivolte al sole, trionfanti.

Fuori dal reparto di riabilitazione, un edificio moderno a un solo piano, i trogoli di legno sono pieni di viole del pensiero dai petali rosa e lilla.

«Tutto fiorisce così presto qui», dice mamma, quasi a se stessa, mentre si ferma in un parcheggio vuoto davanti all'entrata.

Dentro c'è un'ampia reception con un bar. È bella e accogliente. Mamma prende due cioccolate calde da una donna con i capelli azzurri e gli anelli al naso il cui nome è Sammy.

Manco a dirlo, c'è un mucchio di gente del club degli «sgambati con gli occhi a palla». Non ci sono molti giovani, a parte una ragazza più grande che ha perso le gambe per la meningite, proprio come Harry, ed è ancora in carrozzella. Le nostre madri hanno iniziato a chiacchierare e parlano di noi come se non ci fossimo.

«Odio quando fanno così», dice la ragazza, che si chiama Beth. Riesce a muovere la carrozzella con una mano sola. Massimo rispetto. Mastica una gomma e ha gli occhi molto truccati.

«Chi devi vedere?» chiede subito.

«Tutti. Fisioterapista, protesista...»

Beth mi offre una barretta da sgranocchiare: «Per farti coraggio».

La prendo riconoscente e sto per scartarla quando una figura alta, scura, atletica, in jeans e maglietta viene verso il nostro tavolino, camminando come se fosse sulla luna, e mi fissa con occhi seri e intensi incorniciati da una massa di dreadlock. Gonfia e sgonfia le guance, fa dei suoni di tamburo e poi mi porge una forte mano nera. Gli do la mia. La stringe energicamente.

«Ramoul», si presenta raggiante.

«Amy Curtis», rispondo imbarazzata perché tutti nella stanza mi stanno guardando, compresa Sammy, la ragazza dai capelli azzurri. Vorrei che il pavimento mi inghiottisse.

«Sei pronta per entrare nel mio regno, Amy Curtis, e lasciare che esaudisca i tuoi sogni?» chiede guardando con la coda dell'occhio mamma, che sfoggia un sorriso infantile.

«D'accordo.» Perché non potevo avere un fisioterapista normale? Perché il mio deve essere un incrocio fra Eddie Murphy e Scooby Doo?

«Allora seguimi in un nuovo mondo di coraggio», mi fa un cenno e intanto, con il suo metro e ottanta di statura, procede a lunghi passi verso la porta a doppio battente.

Mentre io e mamma ci avviciniamo al suo ufficio, il suono dei tamburi vibra nel corridoio. Ramoul è già seduto nella stanza dipinta di azzurro caraibico e mi fa cenno di entrare, con il suo personale squillo di trombe prodotto gonfiando le guance e colpendo la scrivania con i piedi per tenere un ritmo di base.

Sulle pareti sono incorniciate stampe a colori di facce nere sorridenti con dei cappelli vivaci indosso e sullo sfondo degli edifici colorati con le persiane chiuse. Ramoul segue il mio sguardo. «Sono i miei genitori. E mia sorella, Cora. E qualche zia e zio. Ho una grande famiglia in Giamaica.» Indica due sedie di fianco a un lettino.

«Deve mancarle», dice mamma.

«Anche qui ho una bella famiglia, perciò sono fortunato», spiega. «Vivo in Inghilterra da quando avevo dieci anni. Ma quel gran sole caldo, sì, mi manca ancora.»

«Sai ballare il limbo?» chiedo. Mamma alza gli occhi al soffitto esasperata.

«Sono i Black Snakes il miglior gruppo rap del mondo?» risponde.

Lo prendo per un sì.

«No», mormora. «I Mother Beepers sono i migliori. Mio fratello suona nella band, per questo devo dire così.»

«Mai sentiti», ribatto.

«Non è il loro vero nome. Ma detto tra noi, l'altro è troppo volgare, però posso prestarti un CD visto che hai le cuffie.» Mi strizza l'occhio e lancia un largo, disarmante sorriso alla mamma, che si sposta un poco sulla sedia.

«Bene, diciamoci tutto. Poi diamo un'occhiata a quella gamba e ci mettiamo all'opera.»

* * *

Sono distesa sul lettino con il naso in un buco. Ramoul mi sta muovendo i muscoli e manipolando le giunture, ed è come se mixasse i dischi alla console fondendo un movimento nell'altro; le dita agili massaggiano i nervi del corpo con assoluto controllo, come se sintonizzasse i punti deboli e le zone tese restituendo l'armonia. Ho fatto un mucchio di massaggi prima, ma nessuno è stato come questo.

«Hai la schiena forte, Amy. Devi essere una specie di atleta», afferma muovendo le dita lungo la colonna vertebrale per ripristinare una forma di equilibrio dopo mesi di camminate irregolari.

«Fammi indovinare. Kickboxer?»

«Sì, proprio.»

«Astista?»

«Macché.»

«Ci sono. Ginnasta.»

«Sei fuori strada.»

«La chiave sono queste spalle. Sei una nuotatrice, vero?»

«Ero una nuotatrice.»

«E non una qualunque. Uh-huh. Ci scommetto.»

«Campionessa di contea di stile libero.»

«Sant'Orazio, mi prendi in giro?»

«No.»

«Abbiamo appena trovato il regalo che fa per te.» Ramoul mi porge la mano perché mi aggrappi.

«Che regalo?»

«Tornerai in acqua, Amy.» La bocca di mamma si schiude appena un po'. «Già. Perché questo è il regno di Ramoul, dove tutti i sogni si avverano...»

«Non posso...» inizio a controbattere, titubante.

«Non parlare così. Mia nonna dice queste cose. E se la vedessi non ti azzarderesti, ripeto, non ti azzarderesti nemmeno per un attimo a controbattere. Caspita, ha gli occhi grandi come piattini da caffè.» Mi aiuta a sedere e per rendere l'idea fa gli occhi indiavolati, quindi torna a tambureggiare con la bocca e a battere il ritmo sul lettino con le mani.

«Il problema vero è decidere. Vorremmo essere forti, ma son troppi gli sconforti. E va a finire che ci rilassiamo invece di gridare quanto lo vogliamo.» Ramoul strizza l'occhio a mia madre. «Dal primo e unico album dei Mother Beepers. Ricevi?» chiede facendo i rumori di una radio che si sintonizza e intanto finge di girarmi le orecchie.

«Forte e chiaro.» Gli lancio occhiate cattive. «E la risposta è no.»

Da: ralphrabbioso@hotmail.com
A: amycurtis@ntlworld.com
Oggetto: Silenzio di tomba

Scemi,
come va? Temo che il tuo silenzio sia dovuto al fatto che sei entrata in un ordine di suore mute di Brighton. Stai bene?
Casti baci
Harry

Da: amycurtis@ntlworld.com
A: ralphrabbioso@hotmail.com
Oggetto: Silenzio di tomba

Patatino,
sì, mi sono fatta suora, ma mi è permesso cantare *La musica va... per le valli in fiore...* come Julie Andrews una volta al mese sul pendio del Devil's Dyke (una grande collina). Ho iniziato la fisioterapia con un pazzo scatenato con i dreadlock (e un cattivo gusto in fatto di musica rap) di nome Ramoul. Sento male ovunque. Vuole che torni a nuotare, idea assolutamente loffia. Urge barzelletta.
Tua suora
Scemi

25

«QUELLO che devi capire, Amy, è che per Ramoul 'no' non è una risposta. Mi segui?» Sfoggia un largo sorriso dai denti bianchi.

Siamo sulla spiaggia a guardare una cinquantina di persone che si tolgono i vestiti. C'è una brezza fredda e il mare è increspato da cavalloni bianchi che si susseguono uno sull'altro.

«Mi hai portata qui per vedere un gruppo di matti che muore assiderato?» chiedo.

«Uh-huh», risponde Ramoul tirandosi sulle orecchie la giacca foderata di pelo.

«Non fanno sul serio», sibilo a denti stretti.

«Altroché, puoi scommetterci il tuo bel sorriso.»

Ci sono concorrenti di ogni genere, dai nonnetti grinzosi ai giovincelli entusiasti. Si sente un gran ridere mentre si dirigono a lunghi passi verso i frangenti lasciandosi alle spalle mucchi di vestiti.

«Lo fanno ogni anno», spiega Ramoul. «Alcuni per beneficenza. Altri solo per divertirsi. E altri ancora hanno i loro motivi personali...» aggiunge con lo sguardo assorto cercando di avere un'aria di mistero.

«Forse sono solo pazzi», suggerisco e intanto batto i denti.

Ma adesso sono tutti in acqua e nuotano verso il molo di Brighton, il punto di partenza. Qualcuno sulla spiaggia tiene in mano una bandiera gialla. Dopo pochi minuti, quando più o meno sono tutti in riga, la bandiera viene abbassata e la gara ha inizio.

I tifosi a riva gridano. Un ragazzino dai capelli color carota davanti a me si gira verso di noi e dice fiero: «Quello è mio nonno».

«Vai, nonno!» grida Ramoul.

Lo guardo con gli occhi a fessura. «Perché siamo qui?» domando diffidente.

«Ti piace nuotare.»

«Mi piaceva. Continuo a dirtelo...»

«Non ti fa bene stare seduta tutto il giorno a rimbalzare e-mail», brontola. «I tuoi muscoli hanno bisogno di lavorare, e anche il cervello.»

«Parli come mamma», bofonchio.

I nuotatori sono a metà strada dal traguardo: il molo ovest abbandonato. In testa ci sono gli atleti più forti. Alcuni nonnetti sono rimasti indietro, ostacolati dalla marea sempre più alta. Un bagnino scruta attentamente con il binocolo. Gli spettatori si dispongono lungo il primo molo. L'elicottero della polizia vola in circolo sulla gara per poi dirigersi a ovest verso le bianche scogliere di Beachy Head.

«Andiamo», ordina Ramoul prendendomi per il braccio.

«E adesso che c'è?» gli urlo contro.

«Vuoi vedere come finisce la gara, no?»

«Non faremo in tempo», sibilo esasperata, con le stampelle che sprofondano nei ciottoli instabili.

«Ti sbagli di nuovo.» Sorride, apre lo zaino, tira fuori due monopattini di metallo ripiegati e li mette in posizione. Mi fa un cenno con il dito spostandosi dalla spiaggia al lungomare di cemento. Lo raggiungo. È come camminare su un croccante di arachidi. Ogni passo malfermo produce un crepitio.

«Devi appoggiare il peso sulla gamba destra e spingere con la sinistra.» Mi fa vedere come.

Gli do le mie stampelle e cerco di seguire le sue istruzioni. È così strano avere il peso sulla gamba finta, eppure mi muovo, anche se non vado proprio dritto.

Ramoul mi supera, le stampelle spuntano dallo zaino che tiene sulla schiena. «Brava», grida con i dreadlock al vento. «Se vuoi balliamo.» Disegna un otto intorno a me trascinando una gamba.

Impieghiamo quattro minuti ad arrivare al molo ovest. I primi nuotatori si avvicinano alla bandiera del traguardo.

«Reggiti al mio braccio», mi invita Ramoul recuperando i monopattini mentre mi sostiene.

Lentamente ci dirigiamo verso i ciottoli e troviamo un buon punto di osservazione. Tre nuotatori sono al comando. Pel di carota salta vicino alle onde agitando le braccia come un pazzo. Deve aver corso per arrivare qui. In una mano stringe un asciugamano azzurro. «Forza, nonno!» grida.

Un ragazzo con la cuffia gialla ha preso il comando. Una famiglia di fianco a noi urla: «Vai, Ned, VAI!»

«Vai Ned, amico!» lo incita Ramoul e sto per lanciargli un'occhiata della serie «Zitto, sei imbarazzante» quando la famiglia si gira e grida all'unisono.

«Ramoul, sono contenta che ce l'hai fatta a venire!» esclama entusiasta una donnina dai capelli grigi.

«Grazie per avermi invitato, Angie», le risponde lui, avvolgendola in un grosso abbraccio che la solleva da terra.

In quel momento Ned taglia il traguardo e la folla esulta sulla spiaggia. I famigliari di Ned si abbracciano e poi abbracciano Ramoul. Abbracciano perfino me.

«Come li conosci?» chiedo.

«Presto lo saprai, sii paziente», risponde Ramoul agitandomi un dito davanti agli occhi. La risposta arriva poco dopo, quando a risalire la spiaggia verso di noi c'è Ned, un diciannovenne dal fisico atletico avvolto nell'asciugamano. Ci vuole qualche minuto prima di rendermi conto che Ned non ha l'avambraccio destro. Sua madre, Angie, tira fuori il braccio finto da una borsa sportiva e Ned se lo mette per poi infilare jeans e maglietta. Dopo qualche minuto si avvicina a noi, assieme alla sua famiglia, e stringe la mano di Ramoul.

«Ramoul. Il mio migliore amico!» esclama affettuosamente Ned dandogli un cinque.

«Ehi, ragazzone. Te la sei cavata bene laggiù. Ho portato una persona speciale a conoscerti. Una nuotatrice», mi presenta il mio fisioterapista enfatizzando le sillabe della parola. Scuoto la testa in segno di disapprovazione.

Ned guarda Ramoul e poi me, e la sua espressione si allarga in un sorriso: «Quest'uomo sa essere molto convincente. Attenta, o finirai a fare triathlon come me. A proposito, sono Ned».

«Amy Curtis. Hai nuotato splendidamente.»

«Un po' più piano dell'anno scorso, credo.» Ned fa spallucce. «C'era corrente là fuori oggi.»

«Cosa ti è capitato, Amy?» chiede Ned mentre indossa la felpa con la scritta MARATONA DI CHICAGO 2004 sulla schiena.

«Incidente stradale», mi sforzo di rispondere intimorita da questo atleta.

«Come me. Mai sentita la storia del tizio investito da un autobus? Be', sono io.» Sorride. Non so se dice sul serio. «Prima ero nella selezione per il lancio del peso e del giavellotto. Poi ho abbandonato tutto, sono diventato un pantofolaio professionista. Ma il nostro Ramoul aveva altri piani... Be', Ramoul, ci si vede. È stato bello conoscerti, Amy.»

Mi stringe la mano, dà una pacca sulla schiena a Ramoul e torna dalla sua famiglia, che si è organizzata con un thermos di minestra calda.

«So che cosa stai cercando di fare», sibilo a Ramoul a denti stretti, tentando di non batterli per il freddo.

«Mi sa», replica Ramoul, «che hai proprio scoperto il mio abile piano», e prima che possa colpirgli la gamba con la stampella, si mette a correre verso il lungomare ridendo come un matto.

«La risposta è sempre no!» gli grido.

«Sant'Orazio, questi gabbiani, che baccano fanno...» mi risponde urlando con le mani sulle orecchie.

Eccoci nel fast food sul molo di Brighton a bere cioccolata calda e mangiare patatine fritte bollenti ricoperte di ketchup, mentre guardiamo il mare sempre più mosso attraverso le vetrate appannate e punteggiate di sale.

«Se ti sembro fuori del comune, mi dispiace», inizia Ramoul. Ha il labbro superiore orlato di panna, sembra una zampa di coniglio bianca. «Non dico di tornare a gareggiare. Solo di allenarti. Il tuo corpo ci è abituato, Amy.»

Mordo con forza un pezzo di patatina. La salsa zampilla in grosse gocce dalla ferita.

«Non rispondi», insiste.

«Ho detto di no.»

«Questo perché eri fredda e scontrosa. Altroché. E cosa fa Ramoul? Ti porta a mangiare le patatine. E magari anche a prendere un gelato, eccome se sono gentile.»

«Ci vorranno ben più di tre palline di gelato al cioccolato per farmi cambiare idea», ribatto. Ci manca solo che rinunci ai miei principi per un gelato.

Prende dalla tasca un articolo di giornale ripiegato, appiattisce il foglio e me lo mette davanti: «Forse questo sarà d'aiuto».

Leggo il titolo. «Nuotatrice che ha perso una gamba tiene di nuovo testa alle avversarie.» Sotto c'è la foto di una giovane in piedi, vicino all'oceano, con il costume da bagno e gli occhialini. È molto atletica e forte. Non si nota subito che le manca la gamba sinistra dal ginocchio in giù. Leggo la didascalia. «Natasha King, la nuotatrice sudafricana che ha segnato la storia ai Commonwealth Games di Manchester diventando la prima persona a gareggiare in manifestazioni per abili e per disabili, fa di nuovo notizia, questa volta nel campionato mondiale...»

«E ha vinto le medaglie più meritevoli alle Paraolimpiadi di Atene», aggiunge Ramoul. «Cinque ori e una medaglia d'argento. Non male.»

«Come ha perso la gamba?» gli chiedo.

«In un incidente in moto. Prima di allora si era classificata seconda nel suo Paese.» Fa per ripiegare l'articolo.

«Ti dispiace se lo prendo in prestito, solo fino alla nostra prossima seduta?» gli chiedo.

«Nessun problema. Ho un mucchio di altri articoli in una cartelletta nel mio ufficio. Magari un giorno potresti sfogliarli.» Fa un largo sorriso. «Sono sotto la 'I' che sta per 'I-spi-ra-zio-ne'.»

26

«QUELLA vita appartiene al passato, Ellen.» Papà parla con molta calma.

La tesi ragionata che oggi Ramoul ha esposto alla mamma al centro di riabilitazione è stata molto convincente, ma con mio padre non attacca. Mamma fa da mediatrice cercando di spiegare entrambi i punti di vista. Sono seduta in mezzo a loro al tavolo della cucina, mentre si discute del mio destino.

«Che cosa ne pensa Amy?» chiede mia madre cercando di coinvolgermi nella conversazione.

«Amy ha solo tredici anni», la interrompe papà. «Non è ancora grande abbastanza per sapere che cosa vuole. Non voglio che Ramoul le riempia la testa di sogni. Ciò che è accaduto le dà già abbastanza pensieri. Tutti noi abbiamo abbastanza pensieri...»

«Non le sta consigliando di nuotare tutti i giorni. Magari una volta alla settimana per iniziare. Sarebbe l'esercizio migliore per lei, Dave.»

«Ci siamo trasferiti da Nottingham perché possa iniziare una nuova vita», continua mio padre. «Mia figlia non deve soffrire perché in piscina altri ragazzi la additano e la fissano.»

«Questo non mi importa, papà», vorrei replicare, ma è come se non ci fossi.

«Lei ne ha bisogno per camminare meglio», insiste mamma cercando di non perdere il controllo.

Lei? Ehilà, sono quaggiù. Ogni volta che sono io a dire «lei» davanti a mamma, lei ripete sempre: «Lei chi?» e adesso eccola, si comporta come se fossi invisibile.

«Il nuoto le rafforzerà i muscoli», continua.

«Non c'è futuro per una nuotatrice disabile. Vivrà nella delusione costante», ribatte papà.

D'un tratto vedo la faccenda sotto una luce nuova. Nessuno ha parlato di gareggiare. È solo una questione di medaglie e gloria?

«Papà, si parla di esercizio, non di campionati. Stai dicendo che non devo più perseguire un obiettivo?» Sono fiera di me. Sembrava un intervento molto maturo.

«Sto dicendo che devono essere obiettivi realistici», risponde. «Non è il momento giusto per prendersi altri impegni. Presto mamma tornerà a insegnare. Io non so che cosa succederà con i contratti, né dove sarò...»

Questa è la prima volta che sento parlare del ritorno di mia madre all'insegnamento. La guardo sorpresa.

«Sarà solo part-time, Amy. Posso comunque portarti in piscina se vuoi andarci», mi rassicura con dolcezza.

Papà è così strambo e dispotico su questa faccenda, non è proprio da lui. Vorrei agitare una bacchetta magica e riavere la sua versione vecchia, anche se le barzellette che raccontava erano tremende.

«E se anche un giorno volesse tornare a gareggiare, è possibile», insiste mamma. «Molte persone senza gambe hanno nuotato alle Paraolimpiadi. Fagli vedere, Amy.»

Cerco in tasca il ritaglio di giornale che mi ha dato Ramoul. È un po' stropicciato, così lo appiattisco sul tavolo. Papà legge fra sé.

«Bisogna prendere quello che la vita ci dà e volgerlo a nostro vantaggio», cito le parole di Natasha. «Il nuoto era la mia vita, ed è ancora la mia vita.»

Guardo mio padre piena di speranza. Non sorride.

«Non voglio parlarne più», taglia corto. «Non voglio che diventi lo zimbello della piscina. Dobbiamo andare avanti, non indietro, altrimenti potevamo starcene a Nottingham.»

«Ti vergogni di me, papà?» chiedo in tono pacato. Il cuore mi batte forte. Il rumore sembra riempire la stanza.

D'un tratto il suo volto sembra vecchio e cereo. E ferito.

«È questo che pensate?» domanda con voce quasi impercettibile. Guarda me e poi mamma, che sembra aspettare la risposta. Poi mette le mani in tasca, come fa sempre quando è troppo agitato per parlare, ed esce dalla cucina. Faccio per seguirlo, ma mamma mi posa una mano sul braccio.

«Lascia stare per ora, Amy. Papà è sotto pressione: il contratto su cui contava è andato in fumo proprio oggi. Diventare libero professionista è un grosso cambiamento per lui. È sempre rischioso... Più tardi provo a parlargli.»

Adesso sono nel panico. Io e mio padre siamo sempre stati alleati, abbiamo sempre avuto un rapporto speciale. Tutt'a un tratto mi sento esclusa dal cerchio del suo amore. Ma non posso essere d'accordo con lui. Non questa volta.

Mamma e io sobbalziamo quando la porta d'ingresso si chiude sbattendo. Papà è uscito per una delle sue lunghe passeggiate e non ha nemmeno portato Barker.

Comincio a rendermi conto che perdere una gamba è solo l'inizio di una serie di altre perdite. E che c'è una persona con cui ho proprio bisogno di parlare in questo momento...

Da: amycurtis@ntlworld.com
A: ralphrabbioso@hotmail.com
Oggetto: Consiglio

Harry,
ho deciso di provarci con il nuoto – Ramoul mi ha convinta torcendomi un braccio (e non solo!). Ma papà l'ha presa in modo molto strano. Non voglio ingannarlo. Cosa devo fare?
Un abbraccione
Amy

Da: ralphrabbioso@hotmail.com
A: amycurtis@ntlworld.com
Oggetto: Consiglio

Scemi,
dimentica lo stile libero. Il mio consiglio è di entrare in una squadra di nuoto sincronizzato e metterti un fiore

in testa. Il vantaggio è che si nuota in cerchio, perciò dovresti trovarti bene (e il movimento dovrebbe anche ipnotizzare tuo padre, evitando così altri conflitti).
Un abbraccione-one anche a te
Harry

PS: due giorni fa sono caduto dallo skateboard (mamma si è imbufalita) e mi sono slogato il polso perciò ti sto scrivendo con la lingua.

27

TANTE grazie del consiglio, Harry.

«A conti fatti, devi volerlo più di ogni altra cosa, Amy», riecheggia la voce di Dan nella mia testa. «È una decisione solo tua, e se decidi di farlo, non devi mai mollare.» Mi aveva detto così tre anni fa ormai, prima che iniziassi il programma di allenamento in piscina. L'ultima volta la decisione di mettercela tutta era stata presa con il consenso di papà.

Sembra davvero una cosa da poco: qualche vasca una volta alla settimana. Mamma non è riuscita a parlargliene. Diciamo che non stanno parlando molto. Sembra che lui passi gran parte del tempo di sopra, nel suo ufficio, o a Londra in riunione. Lei è certa che alla fine cambierà idea. Ma per ora, se seguo il consiglio di Ramoul, rischio di peggiorare le cose fra loro due. E di perdere la fiducia, il sostegno e l'affetto di mio padre.

Ho già perso abbastanza, Soph…

Eppure qualcosa dentro di me ha iniziato a reagire quando ho letto la storia di Natasha, una forza vitale invisibile, piccola e raggomitolata, che pian piano distende le sue possenti ali.

Qualcosa di nome speranza.

Barker, che giace ai miei piedi, di colpo si gira sulla schiena e mi offre la pancia pelosa da accarezzare. La lingua gli penzola da un lato della bocca; con gli occhi mi supplica di coccolarlo.

«Dài, su, babbeo.» Gli solletico il ventre. La zampa posteriore sinistra fa il gesto di grattare nell'aria e la gola gorgoglia emettendo un suono profondo, roco, che rivela un grande piacere.

Mi accorgo che una parte della lingua è verde scuro e viola. La ragione può essere una sola.

«Hai mangiato i miei pennarelli, vero?» Quando guardo sotto il letto, trovo le prove: due pezzi di pennarello orribilmente masticati e senza inchiostro. «Cane cattivo!» lo sgrido. Barker si gira e mi dà le spalle, dimena velocissimo l'estremità della coda con aria colpevole.

Al che mi viene un'idea. Prendo dalla mensola un barattolo di pennarelli. Nel cassetto della scrivania trovo un pezzo di cartoncino. Uso due pennarelli, arancione e rosa, per scrivere soltanto otto parole.

La Legge di AMY.
Mai arrendersi. METTERCELA TUTTA.

Ecco, Soph. Adesso è ufficiale.

Attacco il cartoncino al computer con lo scotch.

«Hai grinta-a, mi piaci, amico, e te lo dico, litigare non mi importa un fico», cantano i Mother Beepers a tutto volume nel mio iPod.

«Ned non si è arreso», dichiaro a Barker. «E neanche Natasha. Né Ashley Akers. Immagino che quando ha annunciato che avrebbe fatto una maratona, tutti pensavano che l'avrebbe persa.»

I grandi occhi castani di Barker mi fissano senza capire.

«Potrebbe restare un segreto fra noi due e basta», sussurro. Barker drizza le orecchie e inclina la testa concorde. Metto il costume da bagno, l'asciugamano e gli occhialini nella borsa della piscina e chiudo la lampo.

«Sei pronta, Amy?» grida mamma dalle scale.

«Sì-ìì», rispondo. Tutto questo trambusto per un colloquio a scuola. Nel secondo quadrimestre ritorno all'istruzione vera e propria. Ramoul pensa che sia il momento giusto. Adesso sto facendo i conti con Arthur, il nuovo nome della mia gamba. Mezza-gamba. Spiritoso, anche se non è una delle battute migliori...

Quando scendo di sotto, vedo mia madre che fuma una sigaretta. Indossa un vestito blu e tacchi alti di vernice. Le labbra sono di un arancione rossastro. Non assomiglia affatto a se stessa. Nota la borsa della piscina che ho sotto il braccio.

«Solo se ne sei sicura...» dice.

«Sono sicura.»

Prima le cose più importanti. Un'ora dopo sono iscritta, equipaggiata, e ho la maglietta del Prince Regent College, la scuola di mia sorella. Cassie sembra essersi ambientata. Solo nella prima settimana ha ricevuto oltre un centinaio di sms dai ragazzi. Sembra che le ragazze siano proprio adorabili, soprattutto Bonnie, con il suo cavallo e la piscina. O forse era il cavallo che si chiamava Bonnie.

Tornando a noi, a quanto pare, nessuno pensa che la mia gamba finta possa essere un problema, purché le dia un nome casomai dovesse capitare fra gli oggetti smarriti. Il preside, il signor Perry, è un grande. Ha i capelli neri a cespuglio e porta una cravatta con dei canguri disegnati.

Io e mamma facciamo un giro degli edifici sotto la guida di un ex alunno di quinta di nome Kurt, con i brufoli e la frangia bionda che gli copre totalmente gli occhi. Tutto il complesso è stato costruito negli anni Settanta, perciò è fatto di cemento ed è piuttosto rettangolare e brutto. Ma ci sono molte finestre, e dentro sembra ampio e luminoso. Le scale sono abbastanza spaziose e con i corrimano, quindi dovrei riuscire a farmi largo contro i milleduecento alunni che cambiano classe al suono della campanella.

Pelle d'oca. Sento odore di cloro...

La piscina è lunga soltanto venticinque metri ed è piuttosto stretta. Attraverso i vetri annebbiati dalla condensa sbirciamo la vasca vuota, con l'acqua scura e immobile. Ha un aspetto torbido e poco invitante.

«Che colore strano», mi azzardo a dire.

«Il custode che si occupa della piscina è a casa con un esaurimento nervoso», sorride Kurt, che evidentemente si crede una specie di attore comico.

Guardo l'ora impaziente e mi rendo conto che sto contando i minuti che mancano al prossimo appuntamento in centro, alla piscina Queen Victoria.

* * *

Ramoul ci sta aspettando nella reception e ci saluta dandoci un cinque.

«Allora, sei pronta, Orazio?» chiede.

«Più che mai», rispondo, ben sapendo che il cuore mi batte a mille.

Mamma mi aiuta a mettere il costume, che sembra essersi ristretto dall'estate scorsa. Mi si conficca nelle spalle, ma per oggi andrà bene.

«Wow», esclama. «Non sei più la mia piccola Amy.» Che imbarazzo.

Ficco la chioma ribelle sotto la cuffia e metto gli occhialini. Poi slaccio la gamba e la do a mia madre in modo da potermi concentrare sulle stampelle. Ramoul ha ragione. La tarda mattinata è un buon momento per venire. Solo una donna si sta cambiando nello spogliatoio vicino al mio.

«Eccomi.» Apro la porta. Nessuno strilla inorridito. Faccio i primi passi in pubblico senza un'anima viva. Mamma sistema i vestiti nell'armadietto e intanto mi faccio la doccia.

Una bambina di due anni mi guarda le gambe e sussurra «poverina» alla madre che mi sorride come per scusarsi.

Ramoul mi sta aspettando a metà della piscina con dei lunghi calzoncini verdognoli indosso. Nelle corsie c'è qualcuno che nuota a stile libero e alcuni vecchietti che saltellano e chiacchierano. Mamma si è seduta in tribuna. Ha comprato un giornale, come faceva sempre, anche se so che oggi non leggerà una parola.

Ramoul appoggia le stampelle al muro e si siede a bordo vasca con me.

«Bel tatuaggio», commento ammirando il serpente attorcigliato sulla sua spalla sinistra.

«Questo è Sydney. È una biscia d'acqua e il suo spirito ti guiderà mentre nuoti», spiega Ramoul con gli occhi luccicanti.

«Sì. Proprio», rispondo. A volte Ramoul le spara grosse.

Fisso l'acqua, le piccole onde che increspano la superficie, e mi chiedo quante volte ho guardato quelle profondità calde e invitanti in attesa del fischio, esortando le terminazioni nervose e i muscoli a pazientare ancora qualche istante. È come ricongiungersi con un amico perduto da tempo. Vorrei soltanto sprofondare nel suo abbraccio avvolgente e reclamare il mio ambiente naturale, dove mi sento a casa al cento per cento.

Ramoul mi osserva attentamente. Scommetto che certe volte riesce a vedermi nell'anima. Mi prende la mano sinistra e intreccia le dita con le mie. Mi sento straordinariamente al sicuro.

«In Giamaica c'è questa cosa, una specie di preghiera del surfista agli elementi. La facciamo sempre prima di uscire con le tavole», mi racconta.

Gli lancio uno sguardo interrogativo. Forse è un'altra presa in giro.

«Accidenti, le onde di Makka o Guanna Reef sono imprevedibili. Come le balene che sballottano le foche per divertimento. Non usiamo parole, solo gesti. Così.» Mi lascia la mano e allunga le braccia davanti a sé con i palmi rivolti verso l'alto. Poi si tocca testa, labbra e cuore in successione, ridistende le braccia con le mani in posa di preghiera. «Fine.» Sorride raggiante.

«Sì, ma che cosa significa?» mi aspetto la battuta, a riprova che mi ha presa in giro come al solito.

«Avevo dimenticato che non parli giamaicano.» Mi fissa con uno sguardo profondo. «Vuol dire: sono una cosa sola con voi, oceano e universo. Con la mente vi rispetto. Con la voce vi saluto. Con il cuore vi abbraccio. Oggi vi chiedo coraggio e protezione poiché entro nel vostro regno.»

Ha gli occhi chiusi. So che Ramoul è lontano, sta nuotando nelle acque cristalline della sua isola, le onde si frangono sul suo corpo, trascinandolo laggiù sulla spiaggia dorata.

«Che cosa vedi?» chiedo sommessamente.

«Il cielo blu, il mare blu, le Blue Mountains, le case dipinte di blu. Accidenti! Sai che anche il nostro albero nazionale è blu? *Lignum vitae*, il legno della vita.» Sospira, apre gli occhi e il suo sorriso è caldo come il sole della sua terra. «E adesso vedo una ragazza che più di ogni altra cosa al mondo vuole tornare in quel blu, per quanto siano alte le onde, per quanto ingannevoli i frangenti. Sei pronta, Amy?»

Annuisco e faccio un bel respiro.

La gamba sinistra scivola in acqua. Stendo il piede e una pioggia di sensazioni mi assale. Il moncone se ne sta di lato obbediente e forma un angolo retto con il corpo. Abbasso gli occhialini.

«Entra», fa Ramoul con dolcezza. La sua voce calma mi tranquillizza. So che con lui qui vicino andrà tutto bene. Mi piego in avanti e scivolo in acqua praticamente in silenzio, scompaio sotto la superficie. Le orecchie mi scoppiano per l'improvviso cambio di pressione. In un attimo il piede sinistro tocca il fondo. Resto così per un istante, a guardare il familiare mondo blu che mi circonda.

Ricorda sempre questa sensazione, mi dico staccandomi dal fondo piastrellato e tornando in superficie.

«Come ti senti, campionessa?»

«Bene», rispondo. «A dire il vero è super fantastico.»

Mi porge un galleggiante. «Prova a fare una vasca con questo.»

Dopo due bracciate sono in difficoltà. Il moncone vuole muoversi e non riesce e la gamba sinistra continua a dimenarsi e a farmi nuotare in circolo. Harry aveva ragione, dopo tutto. Tanto vale che mi metta una margherita in testa e la faccia finita. Più cerco di andare dritto e peggio è. Sento il viso avvampare per l'umiliazione. Frustrata, lancio il galleggiante contro Ramoul.

«Non ce la faccio», gli grido.

«Certo che non ce la fai... non ancora. La tua gamba sana deve imparare a nuotare senza l'altra. Si sta muovendo a un ritmo nuovo. Sant'Orazio, come sei impaziente...» Alza gli occhi al cielo e poi li ruota verso di me. Ci manca poco che mi becchi una sgridata.

«Attaccati al bordo e fai galleggiare le gambe dietro», mi ordina. Riluttante ci provo. «Muovi la gamba sinistra su e giù lentamente. Uno, due, uno, due. Adesso staccati e usa solo le braccia, stile libero.»

È uno sforzo immenso, sostenere il peso del corpo solo con le braccia. Ben presto sono senza fiato, dopo neanche due vasche.

«Adesso muovi anche la gamba sinistra», grida Ramoul, e non so se per la stanchezza, il panico o cosa, vado in confusione. Sembra che le braccia non si coordinino con la gamba. Quella destra è solo d'intralcio, sembra penzolare in acqua.

Mi copro la faccia con le mani come una bambina e inizio a piangere.

«Amy Curtis», fa Ramoul con tenerezza, inginocchiandosi sul bordo e porgendomi la mano. «Sai che cosa ti direbbe Bob Marley, re del reggae?»

Scuoto la testa.

«*No woman, no cry. No woman, no cry*», canta Ramoul. «Non piangere, ecco cosa ti direbbe.»

Mi immergo per scacciare tutto questo. Quando torno in superficie, Ramoul è ancora lì.

«E Sydney dice che per oggi hai fatto abbastanza. E che sei la numero uno, intesi?»

Sì, sì. Numero uno un accidenti.

Vedo mia madre con la coda dell'occhio; ha una mano sulla bocca e cerca di soffocare le emozioni. Il che, quanto a fiducia in me stessa, non aiuta molto.

«Chi sono io?» chiede Ramoul.

«Come?»

«Ho detto: chi sono io?»

«Sei Ramoul, il mio fisioterapista, un maniaco del controllo», biascico tra le lacrime.

«Va bene, te lo concedo. Ma sono anche un Maestro Magico, perciò fidati di me. Non c'è niente che non puoi fare.»

«Uh-huh.»

«Il nuovo stadio di Wembley non fu fatto in un giorno.»

«Vuoi dire Roma non fu fatta in un giorno.»
«Non essere sfacciata, su.» Mi agita un dito contro. «Basta che vieni qui la settimana prossima, stessa ora.»

Mamma e io restiamo in silenzio nel viaggio di ritorno a casa. Quando arriviamo, vado dritta in camera per stendermi un po', mentre lei mette subito l'asciugamano bagnato in lavatrice. (Il costume l'abbiamo buttato via in piscina. Mamma dice che se voglio continuare mi compra un altro Speedo. È un ricatto?)

Chiudo gli occhi e fluttuo in un sonno bizzarro, in un mondo sottomarino. C'è anche Sophie, con la maschera, il boccaglio e le sue scarpe da corsa bianche, e Harry che ha un girasole in testa. La parte inferiore del suo corpo sembra quella di un tritone, è piena di squame. C'è anche Barker con in bocca Sydney, la biscia d'acqua, e il signor Perry, il preside, con una cravatta fatta di alghe. Nuotano tutti intorno a me e io sono in una gabbia d'argento, e li saluto, felice di vederli.

Poi arrivano gli squali. Sono quattro, si aggirano intorno alla gabbia, la spingono facendo stridere il metallo con la forza del loro peso. Sembrano squali bianchi, con fauci immense che svelano una sfilza di denti appuntiti. Mi rannicchio in mezzo alla gabbia che praticamente ruota ogni volta che i bestioni la attaccano. Sembrano molto concentrati, si muovono all'unisono. A ogni assalto, uno di loro cerca di spaccare le sbarre con la bocca. Il metallo si deforma un po' creando un buco.

Grido aiuto, ma le urla diventano bolle che fluttuano via, verso la libertà.

Gi squali cambiano tattica e iniziano a battere contro la gabbia da due lati. Ogni volta vengo scagliata contro le sbarre dove un predatore affamato aspetta pieno di speranza, con le fauci spalancate come porte dell'oblio.

Da: amycurtis@ntlworld.com
A: ralphrabbioso@hotmail.com
Oggetto: Disastro

Harry,
avevi ragione. È stata un'idea stupida. Nuotavo come un ippopotamo deforme. Non lo rifarò mai più. L'unica cosa a cui devo pensare adesso è iniziare bene la scuola. Anzi, meglio di no. Tu come stai? Dove sei? Ho bisogno della famosa barzelletta. Ma non è così urgente.
Baci baci
Amy

28

Da: ralphrabbioso@hotmail.com
A: amycurtis@ntlworld.com
Oggetto: Disastro

Scemi,
il conte Dracula si trova nel deserto e sta morendo di sete. Vede un chiosco, si trascina fin là e il gestore dice: «Salve! Gradirebbe un ghiacciolo alla menta, una granita alla menta, un frappè alla menta, un bel bicchiere di menta fresca?»
E il conte: «Buon sangue... non mente!»
Spero che ti abbia tirato su il morale. Scusa se ci ho messo un po'. Mercurio era avverso per cui le comunicazioni hanno subìto dei ritardi. Non ne so molto di fisica e moto, ma nuotare con una gamba sola sembra innaturale. Rinuncia e datti al paracadutismo acrobatico invece.
Sono di nuovo nel Reparto Girasole, il sangue mi sta diventando verde o giù di lì. Scrivimi presto.
In attesa di sue notizie le porgo cordiali saluti
Harry

PS: Isabella ti manda un: «Ci-au».

«Amy? Possiamo fare due chiacchiere?» Papà bussa alla porta. Negli ultimi giorni è rimasto nel suo ufficio, sepolto sotto pile di lavoro, e non abbiamo parlato proprio, ma forse è meglio così, perché riesce sempre a indovinare quando nascondo qualcosa. E mi sento tremendamente in colpa, anche se il trauma della piscina risale a una settimana fa.

Oddio. Ha scoperto del nuoto? Mamma non aveva nascosto l'asciugamano? MAMMA! Aiuto! Non sono dell'umore giusto per uno scenario catastrofico della serie «Mi hai deluso». Mi sono delusa da sola. Basta e avanza.

Mio padre si siede sul letto. Indossa una maglietta sbiadita con delle macchie di candeggina sul davanti e un paio di pantaloni grigi della tuta. Ha qualche capello in piedi, come se avesse subìto un elettroshock. Non si è fatto la barba. Sembra uno di quei mendicanti vicino ai portoni delle case di Brighton. Ha un odore curioso. Old Peculiar, la sua birra preferita. Papà... il birromane di famiglia.

«Io e mamma abbiamo parlato», esordisce grattandosi l'orecchio e guardandosi le unghie delle mani in cerca di... di che cosa? Pulci? Pidocchi? «E pensiamo che tu e Cassie abbiate bisogno di una vacanza.»

Che sollievo. Visioni istantanee di sdraio e palme tropicali alle Barbados.

«Mi hanno offerto un lavoro di breve durata nel Dorset. Uno dei miei vecchi clienti di Nottingham ha un cottage laggiù dove passa le vacanze. Molte travi, camini... e una sala giochi. Vicino a spiagge di sabbia. Può venire anche Barker. Il cliente mi ha chiesto una mano per ristrutturare il fienile, così io posso lavorare e voi ragazze potete prendervi una pausa di metà quadrimestre. Che ne pensi?»

Visione istantanea: una spiaggia battuta dalla tempesta nella parte occidentale del Paese. Noi cinque rannicchiati sotto un telo impermeabile sferzato dalla pioggia.

«Sembra fantastico, papà.» Di solito lo abbraccio. Ma non siamo in tempi di effusioni esagerate. Semplici contatti, senza extra. Così resto immobile e lo guardo. Aspetta un istante e poi si alza.

«Bene», conclude deluso. «Allora è deciso.»

L'unica condizione posta da Cassie è di poter fare i colpi di sole in un vero salone di bellezza quando saremo via, uno di quelli dove tutti i prodotti sanno di pesca e kumquat.

«Non ha l'aria della vacanza memorabile, vero?» insinua Cassie avvilita quando papà si allontana. «Bonnie va a sciare in Val d'Isère.»

«Buon per Bonnie», rispondo. «Sono sicura che il Dorset avrà i suoi vantaggi.»

«Già, hai ragione. Per esempio le sale da tè dove fare merenda e comprare asciugapiatti. Proprio quel che succede dopo una lezione con un maestro di sci, vero? Cosa fai con quelle pesche?»

«Le sollevo», rispondo con molto garbo considerata la stupidità della domanda.

Ramoul rompe proprio le scatole con il mio programma di esercizio fisico. Ha iniziato a mettermi sotto con i pesi e una dieta ad alto contenuto proteico. (Scusa, mamma, ancora carne!) Abbiamo ordinato un po' di attrezzatura via Internet e intanto, per allenarmi a casa, mi fa usare i cartoni di succo d'arancia e le lattine di frutta sciroppata.

«Finirai per sembrare un lottatore di sumo», mi deride Cassie.

«Difficile», rispondo. «Devo sollevarle, non mangiarle.»

Non ci torno in piscina. Ho deciso. Immagino che Ramoul abbia già messo via il costume da bagno dopo essersi reso conto che sono senza speranza. Certe persone nascono per essere degli eroi. Non sono una di quelle. Gli manderò un sms appena Cassie mi lascia in pace.

«Papà non vuole che ti alleni», fa Cassie rigirando il dito nella piaga.

«Ha detto che non vuole che nuoti», la correggo. «Questa è ginnastica. Non dovresti scambiare messaggini con Marcus, muah, muah?» chiedo cambiando argomento.

«È a Dartmoor, al Duke of Edinburgh Gold Award. I telefonini non sono ammessi», risponde. «E devono dormire all'addiaccio per due notti.» Mia sorella arriccia il naso con grazia al pensiero di essere privata della doccia. «Quindi», insiste, «non andrai in piscina.»

«No», confermo sincera.

«E la Legge di Amy?» incalza disegnando dei punti di domanda nell'aria con le dita, come se quelle parole fossero incise nella pietra.

«Le leggi possono essere infrante», taglio corto.

Da: amycurtis@ntlworld.com
A: ralphrabbioso@hotmail.com
Oggetto: Sterco di vacca

Patatino,
perché hai il sangue verde? (Ho sempre saputo che eri un marziano.) Stai bene? Quando torni a casa?
Dobbiamo andare nel Dorset a fine quadrimestre. Cassie dice che non c'è niente a parte campi, sterco di vacca e caramelle mou.
Scrivimi, ti preeeeego.
Scemi

29

Si sta facendo giorno quando ci fermiamo nella New Forest per fare la colazione al sacco: panini con la pancetta (per mamma con la marmellata) e un thermos di cioccolata calda fumante. Barker rincorre dei pony selvatici. È scomparso nella nebbia cinque minuti fa. Si sente soltanto l'eco lontana del suo ululato.

«Si perderà e diventerà il mastino dei Barkerville», fa papà. Ah, ah. Un corno.

«Non hai trovato il tempo di raderti?» chiede mamma arricciando il naso alla vista della faccia irsuta di papà.

«Siamo in vacanza... più o meno», risponde. «Pensavo ti piacesse il look alla Clint Eastwood.»

«Sembra che ogni giorno sia vacanza», mormora lei, e rientra in macchina sbattendo la portiera.

Mia sorella e io ci guardiamo. «Sei un po' trasandato, papà», conviene Cassie con coraggio. (A sedici anni è quasi adulta, perciò ha più probabilità di passarla liscia.) «Una volta mettevi la giacca, le cravatte originali eccetera. E le tue scarpe erano sempre lucide.»

«Quello è stato prima che rompessi la crisalide e diventassi una...»

«Lumaca», azzarda Cassie salendo in macchina.

«Non serve vestirsi bene quando si lavora da casa», dice papà quasi fra sé. Dà un calcio ai sassi sulla strada e si ficca le mani nelle tasche dei jeans sformati. Il suo fiato caldo vortica nell'aria del mattino come un fumetto con dentro un grosso punto interrogativo.

Povero papà. Mamma dice che è la sua crisi di mezza età.

«Guardate che paesaggio magnifico», sospira lei. «Stiamo attraversando la piana di Salisbury e adesso entriamo nel Dorset.»

«Le mucche devono avere delle zampe forti», osservo. «Alcune sono quasi in verticale.» È una scena surreale: animali aggrappati ai pendii. Se qualcuno inclinasse un po' di più le colline, le bestie scivolerebbero giù. Ridacchio al pensiero.

«Perché ridi?» fa Cassie accigliata.

«Niente.»

«Mamma, perché ride?»

«Non ne ho idea, ma almeno qualcuno in questa macchina è felice», si limita a rispondere mamma.

Mio padre guida troppo veloce nei paesini dove le case bianche hanno nomi come «Cottage dei Gelsomini» e «Briciola». Barker inizia a uggiolare per la contentezza intuendo che siamo quasi alla fine del viaggio. Mamma si aggrappa al sedile, come fa quando è spaventata, e continua a lanciare occhiate furiose a papà che finge di non accorgersene. Ogni tot chilometri c'è il cartello di una fattoria che conduce a una stradina sconnessa. «Dama Bianca», «Il Pero», «Letto di muschio»...

«Non credo che mi piacerebbe dormire lì», fa papà.

«Puzza», si lamenta Cassie tappandosi il naso. «C'è odore di fogna.»

«È concime», spiega mamma. «Assolutamente naturale. Ehm, quello non era il cartello della fattoria Fiasco Blu?»

Mio padre frena di colpo. I CD di Cassie precipitano con fracasso e tintinnano contro il cruscotto. Barker, che era in piedi sulle zampe, mi finisce in grembo a testa in giù.

«Papà!» protesta Cassie.

«Vostra madre leggeva la cartina», dice piano mettendo la retro e facendo stridere il motore. Mamma è in silenzio. Ha gli occhi chiusi. Penso che stia meditando. Giriamo a destra in una stradina stretta e sobbalziamo per via dei solchi. Siepi alte su entrambi i lati della strada dissestata nascondono la visuale. Il viottolo prende a digradare piuttosto bruscamente. Alberi spogli sporgono sul passaggio come pastori smunti che proteggono il gregge.

«Guardate. C'è un fiume», esclama Cassie fissando a occhi sbarrati il torrente d'acqua che interseca la strada e discende proprio davanti a noi.

«Questi sono i momenti in cui uno vorrebbe una quattro per quattro», soggiunge papà.

«O un carro armato», aggiungo inutilmente.

Mia madre sussurra solo tre parole: «Ferma la macchina».

Papà fa come gli viene detto. Mamma scende e inizia ad avanzare verso la schiuma bianca. Tutti la fissiamo. È un po' imprevedibile di questi tempi. Dopo pochi minuti, torna indietro.

«L'acqua è profonda mezzo metro. La macchina non ce la fa. C'è un piccolo ponte. Possiamo andare a piedi da qui. Va bene, Amy?»

«Sì. Per Arthur sarà una passeggiata.»

«Potrebbe essere lontano chilometri», piagnucola mia sorella. Mamma decide di ignorarla. Papà fa marcia indietro per lasciare la macchina in un punto sicuro su un lato della stradina. Ci dividiamo i bagagli. Barker perde la testa. Dopo dieci secondi si sente un tonfo. È nell'acqua che nuota a valle.

«Fiasco Blu non è un granché come nome», osserva mamma guardando papà con aria accusatoria.

«Volevano farci una degustazione di vini», spiega lui, «ma non ha funzionato, perciò la daranno in affitto come casa vacanze.»

«Mmm», è l'unico commento di mia madre.

Si scopre che la fattoria è su una collina scoscesa a soli cinque minuti dal fiume. Mentre scarpiniamo sulla strada d'accesso, io sulle stampelle e gli altri trascinando valigie e borse della spesa – dunque dei vantaggi ci sono! –, spunta il sole e fa brillare la rugiada sulle siepi. Una mucca muggisce in lontananza e un pettirosso saltella fra gli alberi stando al passo con noi. Mia madre gli parla.

«Ciao, signor Pettirosso. Come stai oggi? Hai trovato molte bacche da mangiare?»

Papà dice che è la crisi di mezza età di mamma.

«L'idillio rurale», sospira lui.

«Che cos'è un idillio?» chiedo.

Cassie bofonchia con il suo tono da adolescente della serie «Idiota, non sai proprio un accidenti».

«Il più bel posto immaginabile», si limita a rispondere mamma.

Ma allora è dove si trova Sophie, spero. Quindi devono esistere un sacco di idilli, a seconda della fantasia. Quello di Cassie si chiama boutique.

La stradina diventa piana e curva in un cortile. In mezzo c'è una fontana con un angelo, ma dalla tromba dell'angelo non esce acqua. Intorno al cortile sorge un edificio a due piani con il tetto di tegole rosse e le finestre piccole e graziose.

«È magnifico», esclama mamma. Di punto in bianco papà ha un'aria compiaciuta.

All'interno la casa è calda e accogliente, con i soffitti bassi, i pavimenti lucidati e cestini di fiori secchi che profumano di lavanda. Dalle finestre sul retro la vista si perde lontano, fino al mare. Mi viene voglia di correre fino all'orizzonte. Magari!

La cucina è grandissima, con credenze e tavolo da pranzo in legno di pino e un mucchio di piatti e tazze di ceramica colorata.

Ognuna delle quattro stanze ha il suo bagno privato, le porte hanno i chiavistelli e sui sostegni di legno ci sono soffici asciugamani rosa. Sacchetti di lavanda sono riposti nei cassetti e iris ricamati decorano lenzuola e cuscini. Nella camera matrimoniale troneggia un letto a baldacchino con le tendine bianche tutt'intorno. Mia madre dice di sentirsi una regina.

Anche se c'è molto spazio Cassie e io decidiamo di stare nella stessa camera, così la sera possiamo parlare. La verità è che lei è terrorizzata al pensiero che la casa sia infestata dai fantasmi... Strano a dirsi, ma i fantasmi non mi spaventano più.

«Barker dormirà in cucina vicino alla stufa, così può asciugarsi per bene», dice papà.

Io e mamma guardiamo il panorama. «Ispira, vero?» chiede infine. «La luce è così chiara qui. Guarda quelle siepi come definiscono bene i campi. Devono esserci almeno sei tonalità diverse di verde...»

Mia madre non ha dipinto un solo paesaggio dal giorno dell'incidente. A dire il vero, tutta la sua roba d'arte è ancora in soffitta negli scatoloni. Faccio scivolare le mie braccia nelle sue e le sorrido. La immagino di nuovo in piedi davanti al cavalletto, con indosso una maglietta vecchia di papà e con un'espressione di piacere e concentrazione. Non so in che modo, ma so che presto rivendicherà i suoi sogni da sotto il tetto, dove per ora si conservano al sicuro.

Devo confessare che c'è qualcosa di magico nei colori del cielo immenso, del mare e della terra, non interrotti da città, persone e dai soliti ostacoli che limitano la visuale. Qui la vista corre fino all'oceano. Le idee possono prendere forma e alzarsi in volo. E tutto è possibile...

Dovrò parlare con Cassie e papà a proposito di comprare alla mamma un album per schizzi. Sarebbe un inizio.

«Non c'è la parabolica», bofonchia mia sorella cambiando soltanto cinque canali alla tv.

«Guarda quanti bei libri però», fa notare papà indicando la libreria che dal pavimento arriva al soffitto, piena di romanzi e guide illustrate del posto. Cassie dà un'occhiata alle riviste sul tavolino e borbotta di nuovo.

«*Il mensile dell'escursionista*, *Intonacare nel Dorset*, *Tutto sui bovini*...» Alza gli occhi al soffitto.

Dopo aver esplorato insieme il giardino che è costruito su più livelli ed è anche provvisto di piante tropicali grazie ai venti dolci invernali che arrivano dall'Africa e dalla Spagna, mio padre, Cassie e Barker vanno a cercare di recuperare la macchina. Mamma e io sediamo vicino al fuoco, a leggere libri e mangiare crostata. Lei sembra proprio tranquilla e felice.

«Potrebbe essere il momento giusto per darti una cosa», dice alzandosi dalla poltrona comoda. Scompare di sopra per un po' e torna con un sacchetto di plastica. «Avanti, apri», mi incoraggia.

Dentro c'è un costume di lycra nero della Speedo. Non è come i miei soliti costumi. È olimpionico e ha le strisce laterali per nuotare più veloce.

«Mamma, io...» inizio a protestare, ma lei si porta un dito alla bocca.

«Ho solo pensato che mentre papà lavora potremmo fare un salto nel centro sportivo del posto. Ah, e c'è un'altra cosa.» Mi porge una busta con il mio nome. C'è un disegno fatto a mano di una persona che si tuffa in un'onda gigante. E una spiaggia con una palma di cocco. So da chi proviene. Prendo il biglietto all'interno. La scrittura assomiglia ai rami di palma mossi dal vento, le lettere sono scritte di getto e inclinate.

Amy,

Sydney è rimasto molto male quando non sei venuta in piscina. Non si è mai visto niente di più patetico di una biscia d'acqua depressa. Accidenti, ne ho fin sopra i capelli di lacrime di rettili.

Spera che ti diverta in vacanza, ma teme che possa ritrovarti a precipitare da un burrone in una cascata o in qualche corso d'acqua, ora che sei disabile e non puoi proprio nuotare. Non vuole che anneghi, perciò ha qualche consiglio da darti.

Braccio sinistro, braccio destro, doppio calcio con la gamba sinistra e daccapo.

Gli ho detto di farsi gli affari suoi, siccome sei una ragazza con un bel caratterino che ha deciso di essere una perdente. Sydney dice che sai dove trovarlo se vuoi fare due chiacchiere.

Ramoul

Cosa vuol dire che non posso nuotare? Chi è la perdente disabile? Bisogna riconoscerlo: sa davvero come farmi saltare i nervi.

«E papà?» chiedo. Ingannarlo una volta è stato già abbastanza brutto.

«Papà non c'entra, Amy. Si tratta di te», risponde mamma. «Papà sta cercando di capire alcune cose. Ma starà bene. Staremo tutti bene», mi assicura stringendomi.

Come vorrei che sembrasse più convinta.

Per cena scaldiamo le focaccine sul fuoco e mangiamo uova alla coque nei contenitori di porcellana con le facce delle mucche disegnate, mentre il buio scende nel cielo a colpi di fitte pennellate viola. Fitte come la nostra cospirazione. Papà e io mangiamo fettine di toast imburrate. Barker emana vapore vicino al fuoco, con gli occhi che guizzano e le labbra arricciate mentre è impegnato in sogni canini. Papà ha lanciato dei bastoni nel torrente in modo che Barker ci saltasse dentro e si capisse la profondità dell'acqua. È ancora umido e puzzolente.

Ed è ora di andare a letto. Tutto quello che voglio è tenermi stretto il mio regalo. Come al solito Cassie impiega dei secoli per andare a dormire, forse perché deve mettersi in faccia otto tipi diversi di crema. Il suo respiro sembra regolare adesso. Finalmente posso tirare fuori il costume da bagno dal sacchetto sotto il letto. Mi raggomitolo e lo stringo in grembo con fare protettivo. Sa di fibra nuova intessuta di aspettative e di lycra elastica, evoca visioni di spogliatoi pieni, elettrici per l'adrenalina.

Sento i miei che parlano di sotto. Le voci sembrano stanche e piatte, mio padre chiede a mia madre se vuole dell'altro vino. Lei deve aver detto di no, perché sento che sale di sopra.

«Ellen?» Papà è nell'ingresso ai piedi delle scale. «Non credi che dovremmo parlarne?»

«Ho cercato di parlartene per tutto il mese scorso, Dave», risponde mamma in tono pacato. «Sono stanca di fare questa cosa da sola.»

«Che cosa?»

«Tenere insieme i pezzi, mentre ti concedi il lusso di 'adattarti' agli eventi.»

«L'incidente...» fa papà.

«L'incidente è successo. È una cosa che non puoi cambiare. Non puoi essere arrabbiato in eterno per questo. Amy si merita di più da te.» Mamma sospira. «Vado a letto.»

Sento il chiavistello scattare nella porta della loro stanza. E dopo qualche istante, il rumore soffocato della tristezza. Credo che mamma stia piangendo.

Ho un nodo allo stomaco, e mi rendo conto di trattenere il respiro. Non sapevo che papà facesse stare tanto male mamma. Dovrei andare ad abbracciarla? Dovrei dire a lui di fare pace con lei? Se fosse un computer sarebbe facile. Basterebbe cliccare su «tornare alle impostazioni precedenti» e avrei indietro il mio vecchio papà.

Soph, se solo sapessi come aggiustare le cose...

Se non fosse passata la mezzanotte, forse potrei telefonare a Harry. L'infermiera del turno di notte andrebbe su tutte le furie, ma ne varrebbe la pena, solo per sentire la sua voce che mi dice che i genitori sanno essere patetici e se possibile è meglio ignorare le loro bizze.

Più di tutto vorrei che Harry mi abbracciasse come ha fatto quel giorno a Gnomolandia e mi tenesse stretta stretta...

30

STO facendo colazione in cucina e ogni volta che mastico i Coco Pops mi sembra di sentire dei piedi che calpestano la ghiaia. Sto cercando di non distrarre papà, che è seduto all'altra estremità del tavolo di pino, con la barba rasata e vestito di tutto punto, e studia attentamente i disegni della ristrutturazione del fienile, il progetto che deve seguire quaggiù.

Ogni suono strano che produco sembra ingigantito in questo silenzio imbarazzante. Quando si cerca di non far rumore con il cibo si diventa stranamente maldestri. Ho già picchiato il cucchiaio contro i denti due volte. E quando ho cercato di inghiottire con grazia, per poco il boccone non mi andava di traverso.

Mio padre ha ignorato tutto questo. I suoi pensieri sono persi in travi e angoli. Schiaccia i tasti della calcolatrice e si gratta l'orecchio.

Ora ho un dilemma. C'è del latte al cacao nella scodella, ma se lo raccolgo con il cucchiaio raschio il fondo con un agghiacciante stridio. Ci sarebbe un'alternativa...

«Amy!» Papà è inorridito.

«Scusa. Credevo che bevendolo avrei fatto meno rumore», mi giustifico e rimetto la scodella sul tavolo.

«Hai tutta la bocca sporca», osserva con disapprovazione.

Mi passo la lingua intorno alle labbra come Barker quando vuole assaporare l'ultimo boccone di carne. «Ancora?»

Mio padre fa segno di no e rimescola i fogli, pronto a rimetterli nella valigetta.

«Oggi lavori?» mi azzardo a chiedere.

«Faccio un sopralluogo in cantiere.»

«È domenica», gli faccio notare.

«Voglio portarmi avanti per domani. Sarò a casa per pranzo. Magari possiamo andare al Monkey World, il ricovero delle scimmie», risponde.

«Mamma dice che ci andiamo martedì.»

«Come volete.» E chiude di scatto le fibbie di metallo.

«Mamma è sveglia?» chiedo.

Papà fa spallucce e finisce il caffè. Quando siamo a casa le porta sempre una tazza di tè, a qualsiasi ora si svegli. Non ci sono tracce che l'abbia fatto stamattina. Le bustine di tè sono ancora nella scatola avvolta nel cellophane.

Allora è seria, la faccenda fra mamma e papà.

«Magari tu e Cassie potreste fare una passeggiata al villaggio e affittare un DVD», propone.

Come no. Bel consiglio, papà.

«Ci vediamo, allora», si congeda abbozzando un sorriso. Niente baci, niente arruffata di capelli, niente fiato caldo sul collo che mi fa contorcere e urlare.

La porta d'ingresso in legno di quercia si chiude e un attimo dopo sento mettere in moto la macchina. Si allontana accelerando. Barker fa un forte sospiro di malcontento, come per segnalare il suo dispiacere alla partenza del padrone.

«Non preoccuparti, babbeo», lo consolo grattandogli le orecchie. Si gira sulla schiena e lascia penzolare la lingua sulle mattonelle rosse.

«Buongiorno, Amy», mi saluta piano mamma dalla porta della cucina. Sembra una pallida ninfa della foresta avvolta nella seta rosa, i capelli sciolti sulle spalle un po' curve e tristi, come una fata dalle ali tagliate.

Le do l'abbraccio che ho conservato per lei da ieri sera e mi offro di fare il tè. Va alla finestra che dà sul giardino e sui campi e guarda fuori, assorta.

«Papà ha detto quando torna?» chiede infine.

«A pranzo», rispondo.

«Non c'è abbastanza tempo», fa lei.

«Per cosa?»

Mamma mi zittisce portandosi l'indice alla bocca. «Domani lo accompagniamo al cantiere, così noi ragazze possiamo prendere la macchina. È pronto il tè?»

Mio padre non è ancora tornato e ormai sono le cinque del pomeriggio. Mamma è davvero seccata, per due ragioni. Prima di tutto perché non ha telefonato e il suo cellulare è spento, e secondo perché Cassie e io abbiamo trovato una bicicletta in garage e l'abbiamo usata in due, lei davanti e io dietro, sul portapacchi di metallo, per andare al villaggio a cercare la videoteca. Non c'era niente di aperto tranne un negozietto che vendeva vini e cartoline. Ho comprato una cartolina per Gus con sopra una mucca.

Mia madre è arrabbiata perché abbiamo fatto «una cosa irresponsabile». Le faccio notare che era troppo distante per andarci a piedi e che le vie sono molto tranquille. Per di più è stato divertente, ma forse su questo è meglio sorvolare.

«Non avevate nemmeno i caschi», sibila lei sottovoce affettando con forza le carote.

Io e Cassie ci guardiamo.

Barker è davanti alla porta d'ingresso che scodinzola. Qualche secondo dopo sentiamo il rumore di una portiera che si chiude.

Io e Cassie ci guardiamo di nuovo.

La porta d'ingresso si apre ed entra papà. Ha le guance arrossate per l'aria fresca. I pantaloni e le scarpe sono inzaccherati. Mamma continua ad affettare, senza alzare gli occhi. È come in uno di quei vecchi film western quando il pistolero entra nel saloon e tutti trattengono il respiro...

«Ciao», fa papà timidamente. «Ho ricevuto i messaggi mentre tornavo. Il cellulare non prendeva al cantiere. Mi dispiace.» Guarda la scena silenziosa e si toglie adagio le scarpe come se qualsiasi gesto affrettato possa offrire a mamma il pretesto per aprire il fuoco. Lei dischiude le labbra per dire qualcosa, poi cambia idea. Versa le carote in una pentola e la riempie d'acqua rumorosamente. Quando la mette sul fornello le goccioline sibilano.

O forse è il vapore che esce dalle sue orecchie.

Lui prende una lattina di birra dal frigo e tira la linguetta. Il rumore che produce è un appagante «ssshhh» umidiccio. Beve guardando mia madre. Se fossimo in un film, forse lei gli tirerebbe subito uno schiaffo o gli farebbe volare il cappello con un bel colpo di fucile.

Invece prende un cavolo dal sacchetto di plastica e lo mette sul tagliere di legno.

«Ho avuto da fare più del previsto», si scusa lui. «Uscirò presto domattina, così possiamo passare del tempo tutti insieme.»

«Domani sarà una giornata per sole ragazze», lo informa mamma. «Ti accompagneremo al lavoro.»

«Bene», fa papà colto un po' alla sprovvista.

«Gli accordi non prevedevano che saremmo rimaste qui isolate», aggiunge brusca, affettando energicamente il cavolo e mettendolo nella pentola.

«No, certo che no», conviene lui. «Io, ehm, vado a farmi una doccia. A lavarmi.»

«Va bene», dice mamma, che adesso si vendica su una cipolla indifesa. «A proposito, prima ha telefonato il signor Bingley.»

Il signor Bingley è il cliente di papà che ci ha offerto questa casa per passare le vacanze in cambio di aiuto nella ristrutturazione del fienile.

«Ah sì?»

«Sì. Si chiedeva come mai non sei stato al cantiere per tutto il giorno», dichiara mamma reggendo il suo sguardo. «Non sapevo che cosa dirgli.»

Io e mia sorella guardiamo mamma poi papà e di nuovo mamma. Il cavolo si avvizzisce nell'acqua bollente. Il gorgoglio del liquido è l'unico suono nella stanza.

Papà sembra invecchiare davanti ai nostri occhi. Ha il viso carico di emozione. Ombre profonde si disegnano sotto i suoi occhi.

«Non potevo...» inizia a spiegare, le mani aperte, quasi in segno di supplica perché mamma capisca senza che lui debba parlare.

«Non potevi cosa?» chiede lei in tono più dolce avvicinandosi.

«Ho camminato. Tutto il giorno», le dice, prima di voltarsi e uscire dalla cucina con i calzini umidi che lasciano le impronte sulle mattonelle.

Mamma chiude la porta e si siede con noi. Ha le mani giunte. Si sta concentrando su quello che deve dire.

«Non voglio che vi preoccupiate per lui», dichiara con fermezza. «Si sente un po' giù. I dottori la chiamano depressione. Ce l'hanno molte persone. Si chiudono nel loro guscio.»

«È contagiosa?» chiede Cassie piena di riguardo.

«No», risponde mamma.

«Posso ancora farmi i colpi di sole domani?» insiste mia sorella.

«Sì.»

«Ma papà guarirà», intervengo io.

Mamma annuisce. «Con il nostro aiuto. Dobbiamo soltanto continuare con la vita di sempre. Possiamo farcela, no?» chiede.

«Certo», rispondiamo io e Cassie all'unisono. E immagino mio padre che cavalca da solo al tramonto lasciandoci al Non-tanto-OK Corral...

«Allora domani Cassie si farà i colpi di sole e io e Amy faremo un giretto», ci informa mia madre. «E la vita andrà avanti...»

31

SCIVOLO in acqua praticamente senza far rumore. Mi avvolge come una ragnatela sottilissima reggendo il mio peso. Mi spingo dal bordo e mi distendo sul dorso; galleggio guardando il soffitto nero e il suo universo di stelle scintillanti. Sento il battito del cuore nelle orecchie, a pelo della superficie – un ritmo forte e chiaro.

Inizio a portare indietro le braccia, uno, due, uno, due, trascinando le gambe. Con tutto il sollevamento pesi che ho fatto, i muscoli sono forti e capaci. Arrivo a fine vasca in poco tempo. Adesso provo a stile libero, sempre senza gambe.

Mi spingo dal bordo, immergo il viso e faccio salire il braccio oltre la spalla respirando ogni tre bracciate. E qui entra in gioco Ramoul. Braccio sinistro, braccio destro, doppio calcio con la gamba sinistra e daccapo. Sant'Orazio, funziona! Ed è fantastico, avanzo fluida e veloce sulla superficie.

Quando mi avvicino alla fine della vasca, mi preparo a fare una virata. Devo ricordare di spingermi con la gamba sinistra. Devo solo concentrarmi...

Testolina, perché ti agiti tanto bombardandomi con immagini del passato, proiettando le esperienze vissute a velocità turbo?

Ho cinque anni e sto per fare la mia prima capriola in profondità. L'acqua mi entra nel naso e nelle orecchie, gli occhialini sono un po' grandi, ma erano l'ultimo paio rosa e papà ha ceduto... Vedo le mattonelle in fondo alla vasca, devo appallottolarmi in fretta come un gatto che dorme e girare il corpo...

Altre tre bracciate: uno, due, tre e CHIUDI! La voce di Dan si fa strada nella mia mente, distinta e insistente. Mi giro sott'acqua e resisto all'abitudine di distendere la gamba destra per spingermi dal muro. Adesso! ordina il cervello alla gamba sinistra, e lei reagisce. Ahi! Ho raschiato le dita sulle mattonelle perché l'angolazione non è proprio giusta.

Ma sono in superficie e continuo a muovermi. Il ritmo va bene, il doppio calcio sembra più naturale ora.

Dieci vasche! Sto trovando il ritmo. Inizio a respirare ogni sei bracciate. Il torace collabora. Le braccia sono in forma. Le gambe sono stanche ma combattive. L'unico fastidio sono gli occhi, perché non porto gli occhialini.

Nuoto alla cieca. Ho otto anni ed è la mia prima gara fuori dalla contea. Cassie si credeva furba a nascondere gli occhialini in camera sua e non c'è stato abbastanza tempo per cercarli. Io e papà siamo rimasti imbottigliati nel traffico dell'autostrada e ho perso il riscaldamento, ma non fa niente perché sono così eccitata che il mio corpo sfreccia velocissimo e divora la distanza. Sono in testa di almeno un metro e davanti a me c'è solo uno splendido blu vuoto...

Venti vasche e le braccia iniziano a lamentarsi un po'. È tutto a posto, le rassicuro. Rilassatevi e seguite la corrente.

Trenta vasche. Ora la mia mente sta andando in una zona neutrale, nel posto dove si stabiliva sempre quando mi allenavo.

Sento l'adrenalina attraversare il corpo. Altre dieci vasche e le dita toccano il bordo. Voglio gridare di gioia.

«Sono mille metri senza fermarsi», grida mamma che mi sta guardando dalla tribuna. A giudicare dall'orologio alla parete ci ho messo solo venti minuti. Non male per una ragazza senza una gamba.

Ho undici anni, nuoto nella mia società, sto lavorando per allungare la bracciata e Dan mi cronometra e parla con papà che annuisce. Dan mi fa cenno di fermarmi, si china per farmi vedere il tempo sul display. Sono ben quattro secondi in meno del mio miglior tempo nei cento metri a stile libero. Dan mi sta dicendo che è colpito e che pensa che allenandomi potrei arrivare fino in fondo…

Sento un applauso dall'altro lato della vasca. Quando mi guardo intorno, il bagnino che è seduto sulla piattaforma alza i pollici.

Esco dall'acqua, che con la mia performance ha acquistato un bel moto ondoso e schizza sulle mattonelle. La guardo ancora una volta calmarsi fino a diventare immobile. Mia madre scende dalla tribuna per aiutarmi. Intanto le donne del corso di acquagym mi fanno un applauso con i piedi!

Sono euforica e AFFAMATA! Mamma dice che possiamo prenderci un frappè in centro quando andiamo a recuperare Cassie dal parrucchiere.

«Amy, che cosa c'è?» chiede quando mi cedono le ginocchia e afferro il suo braccio per stabilizzarmi.

«Quando hai detto 'frappè' mi si è appannata la vista, mamma.» Mi serve un minuto per ricompormi.

«Forse è un calo di zuccheri. È stato un bello sforzo», mi conforta, la fronte contratta per la preoccupazione.

La mia prima puntata segreta in piscina dal giorno dell'orrendo incubo degli squali.

Sento che la forma fisica e la sicurezza iniziano a crescere. Mamma è stata super fantastica. È dalla mia parte. Sta addirittura corrompendo Cassie con una serie di trattamenti di bellezza in modo che mia sorella non spifferi tutto.

«Ho detto a papà che saremmo andate a fare due vasche in centro, che tecnicamente è vero», mi fa sapere mamma. «Al momento giusto glielo diremo insieme, d'accordo?»

«Voglio dirglielo, mamma. E presto», rispondo, e sembra quasi che ci abbia pensato e ripensato, cosa che è ben lontana dal vero. Sto solo ritardando il momento terribile. Inizio a cantare il ritornello del brano principale del primo e unico album dei Mother Beepers. «Basta avere controllo, sai che lo vuoi, sai che lo vuoi.»

«Amy...» Mia madre mi sta guardando a bocca aperta. Mi accorgo di camminare verso la macchina con le stampelle nella mano sinistra.

Ci abbracciamo forte. Restiamo così per circa un minuto e ci stringiamo talmente che ci scendono le lacrime. Ridiamo tutte e due come matte. Chi ci guarda penserà che siamo appena uscite da un manicomio.

Il clown se n'è andato per sempre, Harry...

Nel tragitto verso il centro mia madre non fa che sorridermi. Spero che Cassie abbia avuto il tempo di organizzare la sorpresa speciale per lei, perché è stata davvero mitica. Super mamma.

Dal parcheggio alla strada principale è una breve passeggiata e quando ci avviciniamo al salone dove l'abbiamo lasciata stamattina, vedo che mia sorella è già fuori che aspetta, con i capelli scalati e tinti d'oro che scintillano di prodotti di bellezza e attirano gli sguardi ammirati dei passanti. Ha in mano un sacchetto liscio e bianco con la scritta DA ARNOLD CARTOLERIA E ARTICOLI D'ARTE.

«Vorremmo darti questo», diciamo alla mamma. «È da parte di tutti noi.» Il che non è proprio vero perché non abbiamo avuto occasione di parlarne con papà, ma sono sicura che la troverebbe un'idea magnifica.

«Grazie di tutto», soggiungo. Apre il sacchetto e tira fuori un grosso album per schizzi e una scatola di matite da disegno. Si porta la mano alla bocca. Sembra sorpresa e insieme sopraffatta dalla felicità, ringrazia con un filo di voce e dà un bacio a tutte e due.

So che senza di lei, il grande salto che ho appena fatto non sarebbe mai accaduto. Forse adesso anche i suoi talenti possono prendere il volo.

«Mi avete letto nel pensiero...» sussurra.

Mentre ci avviamo in un ristorante vicino, sulla scia

dell'odore allettante di pizza, sono più certa che mai del fatto che ognuno di noi abbia la sua strada da seguire. Grazie alla mamma, ho ritrovato la rotta dopo essermi persa in mare aperto.

E fra me e me continuo a ripetere i miei argomenti. «Questa è la mia vita, papà, e d'ora in avanti ne ho il controllo. Ho un sogno, e non c'è ragione per cui non possa realizzarsi...»

Un tantino melodrammatico, ma come inizio non è male.

32

SIAMO appena tornati nella nostra casa di Brighton e il telefono sta squillando. Spero che sia Ramoul perché gli ho mandato un mucchio di sms sul telefonino. Non vedo l'ora di dargli la buona notizia. Sono la prima a entrare e corro ad alzare il ricevitore.

«Ramoul?» rispondo, pronta a chiedergli di non agganciare mentre prendo la linea nella mia stanza in modo che papà non senta.

«Ciao 'Mì.»

«Ciccio. Scusa, credevo che fossi un'altra persona. Aspettavo una telefonata...»

«Ho 'vuto la tua cartolina. La mucca era divertente.»

«Pensavo che ti sarebbe piaciuta. Senti, posso richiamarti fra un attimo? Siamo appena entrati in casa e dobbiamo disfare tutte le valigie eccetera...» lo sento sospirare all'altro capo del telefono. «Ripensandoci, non fa niente. Volevi dirmi qualcosa?»

«È un segreto.»

«Allora prometto di non dirlo a nessuno.»

«Colin ha avuto dei bambini. Sono tutti bianchi e marroni, come la mucca.» La voce è acuta ed euforica.

«Wow! Allora Colin è una femmina?» Mi immagino l'appartamento di Sophie pieno di porcellini d'India, sul divano, sul tavolo da pranzo, sul pavimento della cucina, tutti che squittiscono all'unisono...

«Che cosa ha detto tua mamma?» chiedo.

«Ha detto: 'Che bello'. Sta prendendo delle pillole che la fanno sorridere sempre. Mi sembra molto felice adesso», spiega.

«Ce la fai a occuparti di tutti quei porcellini d'India?» domando con dolcezza.

«Certo», tira su con il naso. «Vieni a vederli, 'Mì? Sono molto carini. Ce n'è uno con una stella in faccia.»

«Mi piacerebbe, Ciccio. Ma da qui ci vuole un bel po' per arrivare. Forse potresti fargli un ritratto e mandarmi il disegno?» Il che suona così affettato che mentre lo dico mi sento proprio crudele.

«Bene, 'Mì. Oh», esclama esasperato, «devo andare. Quello con la stella l'ha fatta di nuovo, è per terra, dappertutto.»

«Oh, no.»

«Non fa niente. Fanno sempre così, cacca tutto il giorno.»

E detto questo aggancia. All'improvviso mi sento triste e sola. Il legame con Shirley e Gus sembra un filo di ragnatela lunghissimo e sottile che si piega e si flette al vento con il rischio di spezzarsi...

Ho detto che sarei stata la sua sorella maggiore. Mi dispiace tanto, Soph...

E adesso il telefono squilla di nuovo. Questa volta è Ramoul.

«Avanti, spara.» Sembra che trattenga il respiro.

«Ramoul, ho fatto millecinquecento metri, e ho capito come usare la gamba e avevi proprio ragione sul ritmo, e le virate mi sono venute, è bastato ricordare di spingere con la gamba sinistra e...»

Parlo e parlo senza fermarmi per prendere fiato.

«Ehi! Frena, frena... Mi stai facendo venire il mal d'orecchie», ride.

«Voglio allenarmi ancora, sul serio, tutti i giorni», è la mia voce che parla.

«Sant'Orazio», Ramoul è sopraffatto.

«E non è tutto. Voglio entrare in una società. Ho intenzione di gareggiare.»

Attimo di silenzio. Non vorrà contraddirmi?

«Qualcos'altro, signorina?»

«Voglio che mi fai tornare in forma. Come Natasha King. E l'anno prossimo parteciperò alla gara dei moli, come Ned.»

«Sei sempre stata così tosta?» chiede.

«No.» Sorrido. «È la nuova Amy Curtis.»

Così, l'affare è fatto. Non si torna indietro. E adesso non resta che comunicarlo a papà. Mi viene il vomito. Ho le mani sudate e la lingua secca. Credo che sia questo il momento, adesso, prima che mi prenda il panico...

«Papà? Andiamo a fare un giro in macchina?» propongo senza pensarci, visto che ha appena tirato la linguetta di una lattina di birra.

«Abbiamo appena percorso centosessanta chilometri», risponde con aria perplessa.

«Lo so, è solo che volevo parlarti di una cosa.»

Papà guarda mamma, che gli lancia una delle sue occhiate della serie «Fallo e basta», mentre sminuzza freneticamente la carne e i biscotti di Barker nella ciotola, allontanando il naso per l'odore.

«È buio», si lamenta lui. «Dove vuoi andare?»

«Oh, non so. Sul lungomare magari.» Spero che la distesa del Canale della Manica possa inghiottire lo schianto che inevitabilmente seguirà la mia confessione.

Papà guarda nostalgico la sua birra e la rimette in frigo.

Mamma mormora: «Devo venire anch'io?» Faccio segno di no. Non voglio che sia lei a combattere le mie battaglie. Ho quasi quattordici anni.

Papà, ligio al senso del dovere, guida fino alla passeggiata più vicina al mare, a est del molo. Parcheggia e guardiamo centinaia di lampadine che si accendono e si spengono come occhi di pipistrelli che battono le palpebre. Il mare è immenso, un liscio lenzuolo color indaco, illuminato da una luna tonda e piena.

«Vedi quel grosso peschereccio all'orizzonte?» chiede papà. «Pensa come dev'essere passare mesi in mare come quei ragazzi, vedendo la terra solo di sfuggita.»

Posso immaginarlo: ritrovarsi alla deriva lontano dalle persone che si amano.

«Era una sensazione fantastica uscire in mare»,

continua papà. «Quando avevo la tua età sognavo di andarmene da solo per l'Atlantico.»

«Dovevi chiedere a Babbo Natale una barca in regalo», butto lì, senza ben capire come rispondere alla sua confidenza.

«Avevo un dinghy, *Gheppio*. Be', lo dividevo con tuo nonno Will. Mi ha aiutato a passare gli esami di navigazione quando avevo quindici anni. E a sedici, con *Gheppio*, ho circumnavigato l'Isola di Wight. Mi offrirono di entrare nell'equipaggio di una squadra britannica per la Coppa America. Ma poi il nonno è morto. E abbiamo dovuto vendere l'imbarcazione...»

Papà guarda il mare tristemente.

«Puoi comprarne un altro adesso», propongo.

«Non è così facile... Le gare ti succhiano tutto. Si resta lontani per giorni, a volte settimane se si tratta di competizioni internazionali. E comunque ormai sono troppo vecchio. E tua mamma odia l'acqua, perciò sarebbe un po' egoista. Cassie non me la vedo proprio con il vento fra i capelli. Quindi saremmo solo io e te...»

Non sembra tanto male...

«È la vita. Si trova un compromesso e si conservano i sogni per i giorni di pioggia», sospira papà. «Io non sono diventato un velista e per causa mia tua madre non ha avuto il suo posto alla Slade School of Art di Londra. Avrebbe potuto avere molto successo. Era la studentessa più talentuosa del suo corso di laurea. O comunque questo è quello che mi diceva.» Fa una smorfia sciocca. Il papà burlone non è mai molto distante dal papà depresso di mezza età.

«E se i sogni non andassero tenuti rinchiusi?» azzardo d'un tratto. «Se si potessero realizzare?»

«Questo non è reale, Amy», risponde papà. «I sogni si avverano a un prezzo. E a volte non vale la pena di pagarlo. Per questo non voglio che perdi tempo a cercare di riportare indietro le lancette dell'orologio. Devi passare oltre. Mi dispiace se sembro un vecchio scemo pessimista.»

Proprio non capisco. Mio padre non ragiona. È lui quello immerso nel passato, con il giubbotto di salvataggio intorno al collo. Forse è questo che intendeva mamma quando ha detto che «sta cercando di capire certe cose». Gli serve la macchina del tempo di Doctor Who per tornare al presente. Ho una visione improvvisa di lui in nero, vestito da viaggiatore del tempo e io sono lì, al suo fianco, la sua aiutante vivace e irriverente. E i Dalek ci inseguono in un lungo corridoio stretto...

«Sterminarle», salto fuori di colpo.

«Cosa?» fa papà guardandomi strano.

«Niente, scusa. Stavi dicendo?» Testolina, stai al passo, non è il momento di partire per una delle tue pazze avventure.

«È solo una lieve depressione. Niente di serio. È la forza di gravità che mi deforma la faccia», dice aprendo la bocca finché la mandibola tocca il petto e pinzando almeno cinque centimetri di pappagorgia per parte.

Comincio a capire. Significa che papà avrà quest'aria da cane bastonato per sempre?

«La cosa importante è essere tutti insieme. Così stiamo bene, no?» aggiunge poi stringendomi la mano.

Un senso di oppressione si è adagiato sulle sue spalle come un impermeabile impregnato di pioggia.

«Sì, stiamo bene», rispondo con un tuffo al cuore.

«Allora, di cos'è che volevi parlarmi?» chiede.

«Ehm. Ero preoccupata. Per te e mamma.» È la cosa più vicina alla verità che riesco a proferire in questa circostanza. «Il venerdì le compravi dei fiori. E ballavi il tango con lei in cucina. E le scrivevi messaggi sul tavolo con la farina... La facevi ridere.»

«L'essere umano un tempo conosciuto con il nome di David Curtis è stato rimpiazzato da una creatura del pianeta Zarp, che non possiede emozioni note né conoscenze relative ai passi di danza», dichiara con voce piatta.

«Bene», faccio io sperando che la smetta di parlarmi come se fossi una bambina.

«Il fatto è che gli Zarpoidi», continua lui avvertendo il mio disappunto, «svaniscono dopo un certo periodo e vengono assorbiti dal sangue.»

«Lasciano danni irreparabili?» chiedo.

«Nessun effetto collaterale. Cacca fosforescente per un paio di giorni, solo in casi rari.»

«Allora tu e mamma...?»

«Compagni di tango per la vita.» Sorride picchiettandomi la mano. «Come i cigni.»

«Quindi è tutto OK», concludo poco convinta.

«Mi è piaciuta questa chiacchierata», fa papà.

«Anche a me.» E le nostre parole si perdono fra le nuvole nere che fluttuano grevi sulla luna.

Sono seduta sul mio letto con l'orsetto d'argento di Sophie in mano e cerco di inspirare ed espirare adagio e profondamente come consigliava Dan, quando avevo bisogno di calmare i nervi. Eppure ho il cuore a mille. Mezz'ora fa ero pronta a dire a papà la cosa che meno di tutte vuole sentire. Che l'ho ingannato. Ma quelle parole non mi sono mai uscite di bocca. Sono ancora imprigionate nella mia mente.

Tornando a casa ci siamo fermati al supermercato e lui ha comprato un grosso mazzo di gigli rossi per mamma. Quando è rientrato in macchina aveva del polline sul naso. Gli dava un'aria molto carina, perciò non ho detto niente.

Mentre lui non guardava, mamma ha alzato i pollici con aria interrogativa, e io le ho fatto capire che no, non ne avevo avuto il coraggio. Mi ha chiesto il motivo e ho risposto soltanto: «Chiedigli del pianeta Zarp»; poi sono salita in camera.

Almeno i miei genitori sono di sotto a bere un bicchiere di vino. Speriamo che l'acido della frutta aiuti la creatura aliena a sparire un po' più in fretta...

Soph, ho tanto bisogno di te. Gli adulti parlano un'altra lingua, è difficile capire le cose che non dicono. Vorrei fare come una volta e chiacchierare a ruota libera con la mia migliore amica – il che infastidisce più che mai i genitori ma ci fa morire dal ridere. Sarebbe bello stare un po' insieme come un tempo, con te che tiri fuori tutto il tuo bizzarro guardaroba e mi chiedi di sceglierti qualcosa da indossare per il prossimo servizio fotografico...

Ho cercato «depressione» su Internet e adesso mi sento depressa.

Papà ha almeno cinque dei sintomi: stanchezza e perdita di energie, tristezza persistente, difficoltà a concentrarsi, eccessivi sensi di colpa e di inutilità, problemi di sonno (il che spiega i suoi abituali assalti al frigo dopo la mezzanotte), distacco dalle persone, a volte perfino amici intimi...

È successo dopo l'incidente, Soph. Da allora non siamo più gli stessi. Tranne Cassie, forse. Lei è loffia come sempre.

Sento bussare una volta sola alla porta della mia stanza ed entra mia sorella. Sembra la comparsa di un film gotico, con lunghe striature nere sulle guance e la matita porpora che evidenzia gli occhi arrossati. Sopra i jeans e la maglietta indossa la sua vecchia vestaglia rosa, quella con il coniglio ricamato sulla tasca. Non mi guarda in faccia. Ma si lascia cadere pesantemente sul letto, il viso seppellito nel piumone.

«Che c'è?» chiedo. Fruga nella tasca con il coniglio e tira fuori il cellulare.

«Leggi», mi ordina. Osservo il display. C'è scritto: «Scusa ma è tempo di dirsi addio. Baci Marcus».

Cassie scoppia in lunghi singhiozzi addolorati. «Lui (singhiozzo) ha dormito con Rachel Turner (singhiozzo) nella sua tenda perché lei aveva l'ipotermia (doppio singhiozzo). E lei porta l'apparecchio (profondo respiro) e ha le sopracciglia come Barker (tira su con il naso). E non dire (di nuovo tira su con il naso) che il mare è pieno di pesci.»

«Non lo dirò. Non è vero. I pesci si estingueranno presto», osservo.

«Aaargh», fa lei dandomi uno spintone. Si accorge dell'orsetto d'argento nella mano sinistra. È quasi riflesso nello specchio dei suoi grandi occhi azzurri luccicanti.

«Il cuore guarisce», dico, e lei fa cenno di sì con la testa. Sigilliamo con cura le sue cavità buie, gli spazi dove un tempo brillava la luce delle persone che amiamo...

33

Da: ralphrabbioso@hotmail.com
A: amycurtis@ntlworld.com
Oggetto: La Porsche e la tartaruga

Scemi,
grazie della cartolina. Mamma me l'ha portata oggi. Sei stata fortunata ad andare al Monkey World. Ho sempre desiderato andarci. Quella con i capelli a spazzola sembra tua sorella. Non dirglielo, però. Mi hanno operato di nuovo, hanno detto che avevo un coagulo di sangue, ma so che è stato il succo di frutta che mi ha dato l'infermiera Emmerson. Credo si sia fermato nel mio piccolo intestino. Denuncerò il produttore e mi comprerò una Porsche su eBay. Adesso sto bene.
L'insegnante che mi ha mandato la scuola mi ha dato una montagna di compiti. Sembra una tartaruga. Gli ho detto che mi sto istruendo da solo, ormai sono arrivato alla lettera U del bibliobus. Chiedimi quello che vuoi sull'Uzbekistan!
Congratulazioni per quella cosa strabiliante che-sai-tu

nel Dorset. Hai sfidato i medici e sei un miracolo umano. Ci si vede.
Smack
H

PS: la calvizie non è più l'ultima moda, mi sto facendo crescere i capelli adesso.

Da: amycurtis@ntlworld.com
A: ralphrabbioso@hotmail.com
Oggetto: Grazie

Patatino,
niente operazioni in vista‼?? Se non stai attento, entrerai nel Guinness dei Primati! Sono contenta che adesso stai bene. Non ho ancora detto a papà l'oscuro segreto. Ha la depressione e si comporta in modo un po' strano, quindi forse non è il momento giusto. Di che colore sono i tuoi capelli? Che ne sarà di Ralph?
Grazie per aver – finalmente – ammesso che sono un miracolo umano. La verità non si può ignorare in eterno!
Domani è il primo giorno di scuola. Fammi gli auguri.
Rismack
Scemi

Con l'uniforme sono affascinante come un palo della luce. I pantaloni sono un po' grandi e penzolano sui fianchi stretti. Le maniche della giacca sono troppo lunghe (mamma voleva accorciarle, ma non ha avuto tempo). Non sono ancora andata a tagliare i capelli, così li ho raccolti in una coda di cavallo, ma la frangia continua a finirmi sugli occhi.

Cassie dice che dovrei fare «un esame del capello» e «un'analisi del follicolo», come ha fatto lei nel Dorset. Le ricordo che per due ore è sembrata uno scoiattolo dal pelo arruffato. Fino alla gita al Monkey World, quando ha piovuto e la messa in piega nuova le si è appiccicata alla testa come la pellicola per i cibi.

«Uuh-huu, uuh-huu, uuh-huu», facevano le scimmie quando l'hanno vista.

Comunque. Scuola. Mentre mia madre cerca le chiavi della macchina sono in piedi nell'ingresso, e mi assalgono strani sintomi, tutti nel giro di cinque minuti. Il primo è la voglia di vomitare, che potrebbe avere a che fare con il porridge, da papà cucinato con l'acqua invece che con il latte. I fiocchi d'avena si sono raggrumati nella padella formando dei blocchi duri e tondi simili a polpette di carne. Li sento scendere nello stomaco.

La seconda sensazione è di capogiro, del genere che si appanna la vista e sudano le mani. Mi siedo sulle scale e metto la testa fra le ginocchia. Barker crede che stia giocando e cerca di scovarmi dal mio nascondiglio con il suo naso ruvido e bagnato.

La terza sensazione, che diventa dominante nel viaggio in macchina, è quella di un centinaio di farfalle che mi svolazzano nella pancia. Mi aspetto che si riversino fuori appena apro bocca per parlare. Perciò la tengo cucita, non si sa mai.

Quando arriviamo al cancello, vorrei dire alla mamma di riportarmi a casa, e lei ha l'aria di volerlo fare. Ma Cassie mi prende la borsa, apre la portiera e, prima di rendermene conto, sto camminando senza stampelle sull'asfalto nero del vialetto. Mi sa che da dietro assomiglio a un personaggio della *Famiglia Addams*, perché quando mi volto per salutare vedo la faccia di mia madre immersa in un fazzoletto.

E proprio in questo momento le farfalle diventano pipistrelli che sputano fuoco e svolazzano nei miei organi interni, strinando qualsiasi cosa trovino ed emettendo strilli perforanti.

Cassie è paziente e aspetta che raggiunga la reception, dove mi lascia nelle mani della segretaria, la signora Rhodes, una donna dall'aria efficiente con lo chignon, un vestito viola e il rossetto rosa.

«Ciao, Amy. Benvenuta al college.» Sorride. «Questa è Georgia e oggi ti farà da guida.» Indica una ragazza bassa e carina di circa quattordici anni, con i capelli raccolti in molte treccine.

«Ciao», mi saluta Georgia. «Oggi dovrai sopportarmi.» Mi accorgo che ha al polso diversi braccialetti intrecciati con i colori dell'arcobaleno.

Forse, dopo tutto, oggi non sarà il secondo giorno più brutto della mia vita.

«Siamo al primo piano», spiega la mia nuova compagna con aria di scusa.

«Non c'è problema.» Inizio a seguirla. Un fiume di ragazzi altissimi sgomita di fianco a noi, salendo e scendendo le rampe di scale. Mi aggrappo al corrimano e faccio buoni progressi.

«Ti abituerai alla folla», fa Georgia. «Io sono venuta qui dalla scuola di un villaggio dove in tutto eravamo solo cinquanta. Qui ci sono quaranta ragazzi per classe, perciò ero proprio un pesce fuor d'acqua e mi sono nascosta in bagno per una mattina intera.»

«Quanto ci hai messo ad ambientarti?» chiedo,

pensando se mai riuscirò a orientarmi in questo luogo enorme.

«Un paio di giorni. Ma starai bene. Non ti perderò di vista.» Fa un grande sorriso.

Tutt'intorno il rumore e l'energia mi aiutano ad avanzare. La cosa fantastica è che nessuno mi fissa la gamba. Tutti sembrano concentrati nel raggiungere la loro meta.

Arriviamo in aula, uno spazio rettangolare che su un lato ha una fila di grandi finestre da cui in lontananza si può vedere il mare. Georgia mi porta a un banco con due sedie.

«Ci sediamo qui. Nel corridoio c'è un armadietto per i tuoi libri, la giacca e tutto il resto. Bella vista, vero?»

«Sì», rispondo. Una sensazione strana mi percorre la schiena: il ricordo di un panorama diverso – campi e comignoli, fiumi e foreste fino ai monti Pennini e oltre –, che se batto le palpebre è comunque più reale di questo momento. E seduta vicino a me c'è Sophie che si attorciglia i capelli biondi intorno all'indice, sul banco ci sono il suo astuccio morbido con il maialino e il righello con gli orsetti. Sbadiglia, mi appoggia la testa sulla spalla e mi chiede di svegliarla alla fine delle due ore di matematica.

«Amy Curtis?» sento il mio nome. Un uomo dagli occhi tondi e ammiccanti è in piedi davanti alla classe. «Sono il signor Norvill. Benvenuta in classe. Hai l'orario della settimana?»

«Sì», rispondo armeggiando nello zaino per trovare i fogli con le informazioni. Glieli mostro. Batte le mani, sembra un po' uno scoiattolo.

«Ottimo. Per qualsiasi problema vieni da me.» Doppia strizzata d'occhi.

Ormai i venti banchi dell'aula sono tutti occupati. Ci sono più ragazze che ragazzi. Finora tutti mi hanno salutata. Il signor Norvill mi presenta ufficialmente prima di fare l'appello. Sulla strada della sala riunioni Georgia mi fa vedere dove sono i bagni, casomai voglia nascondermi.

È strano essere di nuovo una studentessa. Negli ultimi sei mesi e mezzo sono stata una ragazza con esigenze speciali, sospesa nel tempo, circondata da adulti – a parte la permanenza al Reparto Girasole – e protetta. È fantastico essere di nuovo con i miei coetanei, a spettegolare e ridere. Ed è splendido sentirsi parte di un gruppo che, forse, mi accetta come sono, senza ricordare com'ero un tempo.

In sala riunioni guardo l'aula immensa e le centinaia di ragazzi nelle varie file. Quelli dell'ultimo anno sono seduti davanti al palco dove c'è il personale docente, circa sessanta insegnanti, alcuni con il tocco e la toga. I presenti devono alzarsi in piedi quando entra il signor Perry, tranne i musicisti dell'orchestra che sono pronti a suonare vicino al pianoforte a coda.

«Buongiorno a tutti. Inizieremo con l'inno numero settantaquattro, *Sono felice della vita.*»

Oh, Soph, perché proprio quello!

La musica inizia, e accanto a me Sophie si sta schiarendo la voce, pronta a cantare la sua versione speciale; qualche fila dietro di noi Bellissimo e i suoi compagni fanno cadere in modo patetico i libri degli inni, e la mente va all'allenamento di quella mattina, contenta di aver strappato un decimo di secondo al mio tempo personale nei duecento metri...

«Sono felice della vita e del cielo blu. Sono felice che è finita perché non ne posso più...»

Ma sono bastati pochi secondi, e un solo gesto, come un lampo che colpisce la terra, ha cambiato tutto, e adesso vengo trasportata con la mente e con il corpo in un posto nuovo, mi ritrovo con degli estranei a vivere due realtà, a ripercorrere la mia vita come fosse la pellicola di un film.

Mi sembra di essere già stata qui. La musica è la stessa, solo io sono cambiata.

Ho un nodo in gola e devo mimare le parole. Georgia mi guarda e storta gli occhi, dando a intendere che è annoiata. Soph lo faceva sempre, sapeva sempre come rallegrarmi. E d'un tratto la voce si libera. Canto e le parole hanno un senso nuovo.

«Sono felice della vita...» *Sono stata fortunata e non lo dimenticherò mai, Soph.*

La prima lezione sono due ore d'inglese, e l'insegnante, la signora East, chiede alla classe di raccontarmi la trama della *Fattoria degli animali*, un romanzo di George Orwell che stanno studiando. Capisco subito chi sono gli introversi e chi gli estroversi.

«Quattro gambe, buono; due gambe, cattivo!» cantano in coro facendo vari grugniti. Devo decidere qual è il miglior riassunto e motivare la scelta. Poi il vincitore ottiene una tavoletta di cioccolato e la signora East mi dà una copia del libro da leggere per la settimana prossima. Mi sa che inglese sarà la mia materia preferita.

Durante l'intervallo Georgia mi porta in refettorio,

dove si pranza e si possono comprare merendine e bibite. Ci sono moltissimi tavoli lunghi per sedersi con i compagni. Mi presenta le sue amiche: Ally, Rachel e Debs, che sono in classi diverse. Chiacchieriamo di tutto: gruppi musicali, ragazzi, televisione, film, come se ci conoscessimo da sempre. È facile parlare con loro.

«Sabato andiamo a vedere *Teen Queen*. Vuoi venire?» chiede Rachel, e sento uno slancio euforico al pensiero di uscire in gruppo, senza genitori, né sorelle, né borse misteriose.

«Sarebbe fantastico», rispondo. «Grazie.» Non vedo l'ora di dirlo alla mamma. Sarà arcicontenta. Sono qui solo da qualche ora e ho già dieci contatti msn per una chiacchierata online stasera...

Scopro che anche a Georgia piace nuotare – e ha un cane – quindi abbiamo un sacco di cose in comune. Le racconto di Ramoul e dei miei tentativi di tornare a nuotare veloce come una volta.

«È magnifico che ti alleni di nuovo», esclama colpita.

«Solo che non l'ho detto a papà», le confido mentre ci avviamo verso due ore di scienze. «Vuole tenermi nella bambagia e proteggermi dal mondo.»

«È tipico dei padri», osserva. «Sanno essere davvero fastidiosi.»

«E imbarazzanti», aggiungo.

«Già, è vero!» ridiamo tutte e due. Georgia mi prende a braccetto come se fossimo amiche da sempre. Mi sento tranquilla e al sicuro. E felice.

«Tutto bene finora?» mi chiede.

«Megafantastico», rispondo. «Non riesco a credere di aver appena detto una cosa simile della scuola!»

Alla fine metto i libri nell'armadietto e la giornata è

conclusa. Ci sono voci tutt'intorno a me e corpi che si muovono in massa in ogni direzione, come fiumi d'acqua che si uniscono. La schiena mi fa male per via del camminare, ma mi sento leggera e piena di energia grazie alla quantità di stimoli diversi. Dovrò lavorare sodo per qualche mese per rimettermi in pari, ma tutti gli insegnanti hanno detto di essere pronti ad aiutarmi se ne ho bisogno.

«Ciao, Amy», mi saluta Georgia e mi abbraccia. «Oh, ho una cosa per te.» Si toglie un braccialetto, quello con i fili rosa e azzurri intrecciati, e me lo porge. «Ecco», dice mettendomelo al polso. «Adesso siamo amiche amiche.»

All'improvviso mi sento svenire e devo reggermi all'anta dell'armadietto. Ogni cosa intorno a me gira e gira. Faccio piroette con Sophie in giardino, mi dimeno sott'acqua in cerca della superficie, mi rotolo con papà sul pavimento della casa vecchia strillando e ridendo e fluttuo in quel posto buio, verso l'oblio. Le immagini si fondono e svaniscono. Ho gli occhi chiusi eppure mi muovo ancora. Tutto è silenzio, sento solo il battito del mio cuore.

«Stai bene?» mi chiede Georgia. La sua voce è un'eco che cresce d'intensità. A poco a poco il turbinio che agita la mia mente si placa. Apro gli occhi. Ho la fronte calda e le labbra secche.

«Sto bene», rispondo e cerco di sorridere.

Ma non mi sento veramente bene. Sono come una lucertola che cambia la pelle troppo presto. Mi sto lasciando la vecchia vita alle spalle – o lei sta lasciando me. Non mi aspettavo di sentirmi così. Ci si abitua talmente alla tristezza che sembra normale. La gente intorno usa parole come «adattarsi», «trovare compromessi» e «accettare». Pensi sempre che la vita sarà peggio di com'era prima.

Eppure oggi ho provato qualcosa di straordinario. Ho delle nuove amiche, sono successe delle cose. Mi sono divertita, ho riso un sacco. Mi sono perfino dimenticata della mia gamba per qualche minuto prezioso. Sono stata Amy ed è fantastico essere tornata.

Penserai che sono superficiale, egoista e sleale, Soph. Forse è così. Mi manchi ancora tanto da star male. Nessuno prenderà mai il tuo posto. Ma sono stanca di soffrire. Il dolore è come un cappotto pesante che mi avvolge, una camicia di forza. Per poco non venivo via con te, ma qualcosa mi ha fermata. Così ho un'altra occasione nella vita e voglio mettercela tutta. La Legge di Amy, ricordi? Sto iniziando a guardare avanti. Sto riprendendo a respirare. Non voglio più sentirmi in colpa. Spero che tutto questo abbia senso e che tu non mi creda la persona più orribile di tutti i tempi.

Ti vorrò sempre bene, Soph.

34

MAMMA mi sta accompagnando in piscina. Fortunatamente papà è a Londra per lavoro, perciò non serve nascondere le tracce. Sono le sette. Da quando è venuta a prendermi a scuola non ho smesso di parlare.

«Ti sei trovata bene a salire e scendere le scale?» Continua a fare domande.

«Sì», rispondo. «Quindi sei d'accordo se vado al cinema sabato?»

Mamma parcheggia e spegne il motore. Slaccia la cintura e mi abbraccia. Mi aspetto un'inquisizione, un interrogatorio su chi, cosa, come, dove, quando e perché.

«Certo», risponde semplicemente. Evviva!

Con Arthur al ginocchio, stavolta entro ed esco dallo spogliatoio in dieci minuti e fanno dodici quando arrivo a bordo vasca con la cuffia e gli occhialini.

Abbiamo riservato una corsia per mezz'ora, in modo che possa allenarmi e fare la fisioterapia settimanale con Ramoul. Il pensiero di scivolare nell'acqua tiepida mi ha fatto andare avanti per tutta questa sfibrante ma straordinariamente eccitante giornata. Mia madre si accomoda in tribuna con il giornale. Mi saluta e fa un sorriso allegro seguito dai pollici all'insù.

Vedo il bagnino con le lentiggini che mi guarda attento mentre cammino con cautela verso la parte alta della vasca. La prossima mossa è difficile: togliere Arthur e appoggiarlo contro il muro senza cadere e imbarazzarmi. In qualsiasi momento mi aspetto di sentire un fischio e una voce che grida: «Togli di lì quella mostruosità», ma nessuno dice niente, così mi siedo e mi trascino sul sedere fino al bordo della vasca.

Ma quello che vorrei davvero è tuffarmi.

Se solo riuscissi a inginocchiarmi e bilanciarmi sulle mani, potrei alzarmi sulla gamba sinistra. Tanto vale provare. Vacillo e ondeggiando raggiungo la posizione verticale; mi concentro per cercare di stabilizzarmi prima di sollevare le braccia sopra la testa a mo' di siluro. Chino il busto verso l'acqua, abbasso la testa, piego la gamba sinistra e spingo.

Barcollo da un lato ed entro in acqua con un forte tonfo. Non importa. Finalmente sono dentro, le braccia trovano il giusto ritmo e mi portano in superficie. La prima vasca è un po' goffa e la virata è «scattosa», ma poco per volta riesco a regolarizzare il respiro. La gamba partecipa anziché essere un peso. Mi concentro perché il doppio calcio diventi regolare e simmetrico e le braccia tengano il corpo in linea. Mi muovo veloce. Non mi fa male niente. Formidabile!

Dieci vasche, venti vasche; però sento il collo rigido. Forse sto inarcando i muscoli, mi sto sollevando troppo sull'acqua. Devo rilassare la testa così posso respirare più liberamente. Mentre sto virando per iniziare la venticinquesima vasca mi accorgo di un altro nuotatore nella corsia accanto: un ragazzo con un costume della Speedo che va al mio stesso ritmo e vira quando viro io.

Poco per volta si distanzia. Alla ventisettesima vasca è due metri davanti a me. Alla ventottesima mi ha seminata. Non stiamo facendo una gara, ma qualcosa dentro di me risponde alla sfida. Voglio raggiungerlo. Sforzo le braccia a muoversi più veloci, ma sono affaticate.

Alla trentesima, arrivo al bordo, mi tolgo gli occhialini e guardo l'avversario. È già fuori dall'acqua, avvolto nell'asciugamano, e ascolta un uomo con una tuta sportiva che gli corregge lo stile e la postura.

Quante volte Dan ha fatto lo stesso con me?

Il ragazzo dimostra quattordici anni e sembra molto forte. Ha il fisico da nuotatore: spalle ampie e pancia tartarugata, è ancora abbronzato dall'estate. Muscoli guizzanti come palline da tennis nelle braccia e gambe lunghe su cui iniziano a spuntare i peli neri. Ne ha qualcuno anche sul petto, come se un ragno si fosse dimenticato lì le zampe.

Si toglie la cuffia e dei folti capelli neri gli avvolgono la testa e le orecchie. Si china e scuote la testa per liberarsi dall'acqua. Si accorge che lo guardo e mi fa un gran sorriso. Sento le orecchie arrossire per l'imbarazzo.

L'uomo gli dà una pacca sulla schiena e il ragazzo si avvia verso lo spogliatoio. È davvero in ottima forma. Non fissarlo, Amy. Ti sei vista?

«Hai dato a Kel del filo da torcere, eh?» Alzo gli occhi ed ecco il tizio in piedi proprio di fronte a me. «Come ti chiami?»

«Amy Curtis», rispondo.

«Mike Tindall», si presenta porgendomi la mano. La stringo con la mia bagnata. «Sono l'allenatore di Kel. Vuoi che ti aiuto a uscire?»

Mi afferra con un'unica mossa energica. Mi siedo sul bordo della vasca, consapevole del mio aspetto.

«Può passarmi la gamba, per favore?» chiedo. Mike prende Arthur senza imbarazzo e me lo porge.

«Sai, esistono delle gambe speciali per nuotare. Si riempiono d'acqua e danno grande stabilità. Costano, ma l'investimento potrebbe valere la pena se fai sul serio, e sembra proprio di sì.»

«Forse.» Sono sorpresa. A dire il vero sono anche molto seccata che Ramoul non abbia parlato di questa possibilità. Allaccio Arthur e mi alzo per poter parlare a faccia a faccia.

«Hai un ottimo stile, signorina. Ti alleni con una società?»

«No», rispondo avvolgendomi nell'asciugamano. «Sono appena ritornata in acqua dopo l'incidente.»

Mike alza il sopracciglio. «Agonista?»

«Campionessa di stile libero.» Sorrido. «A Nottingham.»

«Mai sentito di un tizio di nome Dan Madden? Lavora da quelle parti.»

«Era il mio allenatore.»

«Bene, bene, bene. Ero il suo allenatore una volta. Il mondo è piccolo, eh?»

«Adesso allena a tempo pieno?» chiedo.

«Sono in pensione, ma continuo a dare una mano a

livello locale. Negli anni Ottanta e all'inizio dei Novanta lavoravo con la squadra paraolimpionica.» Regge il mio sguardo per un istante molto lungo. «Kel sta andando bene. Lavora con me da un paio di mesi. È un bravo ragazzo.»

Ramoul avanza verso di noi ad ampie falcate con i suoi pantaloncini verdognoli e con una borsa di pesi sulla spalla. Mike ne approfitta per allontanarsi.

«Comunque è stato un piacere conoscerti. Hai talento», aggiunge mentre supera Ramoul sul bordo vasca.

«Non dirle così», sospira il mio fisioterapista. «Che è già abbastanza strafottente...» E dopo questa simpatica battuta si china e mi allaccia i pesi alla gamba sinistra e a entrambe le braccia.

Mi sento agitata. Non mi va il pensiero che Mike mi veda come possibile aspirante alle Paraolimpiadi proprio ora che inizio a sentirmi di nuovo «tutta intera».

Trenta strazianti minuti dopo, sono di nuovo negli spogliatoi a curarmi le braccia doloranti e a pensare a Kel. Quando riemergo nella reception con i capelli gocciolanti sulla schiena, sta comprando delle patatine da una macchinetta. Spero proprio che non abbia visto le mie fatiche dell'ultima mezz'ora, che si è conclusa con me che mi contorcevo a bordo vasca con un crampo alla gamba sinistra e Ramoul letteralmente in piedi sul mio polpaccio.

Mike Tindall sta prenotando le corsie. Mamma e io

aspettiamo di salutare Ramoul che ci mette sempre una vita a cambiarsi.

«Amy, voglio presentarti Kel», annuncia Mike.

Kel si china a prendere il sacchetto di patatine dallo sportello a fessura e si rialza. Indossa una maglietta nera, jeans e scarpe da ginnastica della Nike. Molto figo.

«Ti presento una campionessa di contea di stile libero che viene da Nottingham», dice Mike a Kel.

«Amy Curtis... Kel Stevens.»

Kel fa «ciao» e mi offre una patatina. Ha una voce profonda e dolce. D'un tratto mi sento molto impacciata e mi piacerebbe essermi asciugata i capelli come si deve. Devo sembrare un topo di fogna.

«Non mi piacciono al formaggio e cipolla, grazie.» Amy, razza di stupida. Sembri una salutista viziata e insopportabile.

Mia madre porge la mano a Mike e si presenta.

«Ho sentito che conosce Dan», dice.

«Come sta quel vecchio furfante?» fa Mike. «Non lo vedo da, vediamo... Devono essere sette anni. Ha ancora quella vecchia MG?»

«Quella rossa con i paraurti d'acciaio?» mamma ride.

«Ormai sarà un pezzo d'epoca... un po' come me», scherza Mike. «Comunque mi aspetto di vedere ancora la sua signorina. Ha un gran potenziale.»

«Vuole tornare a gareggiare», gli fa sapere mamma. «Ma ha appena ricominciato. Innanzitutto ha bisogno di una società... e di tornare in forma.»

Mike scribacchia un numero su un pezzo di carta e me lo porge. «Parli con Jenny Long. È nel comitato dell'associazione di nuoto amatoriale ed è la segretaria della società di nuoto di Brighthelm, che forse è la migliore della zona. Potrei essere un po' di parte, dato che l'allenatore sono io. Kel è uno dei nostri più bravi nuotatori. Magari lui e Amy potrebbero scambiare due chiacchiere ogni tanto.»

Kel annuisce, ma solo per educazione. Perché mai dovrebbe voler parlare con un mostro dai capelli stopposi e con la fobia per le patatine?

Kel e Mike sono già andati via quando finalmente spunta Ramoul. Io e mamma ci scambiamo un'occhiata. Indossa una camicia verde e dei pantaloni giallo limone. E gli occhiali da sole, anche se è quasi buio.

«Vestire per colpire.» Ci strizza l'occhio. «Suona una band giamaicana al bar *Concorde* e la bambola più bella di tutta la costa meridionale viene a prendermi fra...» controlla l'orologio «...esattamente un minuto.»

In quel momento una Mini azzurro splendente con grandi fari d'argento si ferma davanti alla reception. Alla guida c'è una giovane dai capelli neri e lunghi fino alla vita sottile. Sembra una modella di *Vogue*.

«Puntuale. Così mi piace.» Ci sorride. «Ah, Amy, è andata bene stasera. Sydney e io siamo molto orgogliosi di te.» Mi dà un bel cinque e stupisce mamma con un abbraccio per poi sparire attraverso le porte di vetro automatiche con lo zaino e i pesi sulla spalla. Guardiamo la Mini allontanarsi e poi andiamo alla macchina.

«Quel ragazzo, Kel», inizia mamma guardandomi di traverso. «Piuttosto veloce, no?»

«Ne ho visti di più veloci», ribatto, un po' sulla difensiva.

«Anche carino.» Mamma sorride.

Gesù, sono così trasparente? Guardo la cupola del cielo stringendo un patto segreto con me stessa. Non avrà la meglio su di me, questo ragazzo di nome Kel. D'ora in avanti sarà la mia meta. Dovunque lui arrivi, il mio obiettivo sarà fare di meglio. Qualsiasi record stabilisca, cercherò di batterlo. Un bovino cocciuto il toro, eh, testolina? Ma se io sono un toro, Kel Stevens è appena diventato la mia bandiera rossa...

Da: ralphrabbioso@hotmail.com
A: amycurtis@ntlworld.com
Oggetto: Brutte notizie

Scemi,
ho una notizia terribile da darti. Il comitato per la salute e la sicurezza dell'ospedale ha dichiarato Ralph pericoloso per l'igiene e alle 15.30 di oggi è stato pietosamente distrutto. Spargerò le sue ceneri a Gnomolandia, il luogo dove noi tre abbiamo trascorso i nostri momenti più felici.
Nel dolore,
tuo Harry

Da: amycurtis@ntlworld.com
A: ralphrabbioso@hotmail.com
Oggetto: Condoglianze

Caro Patatino,
la notizia dell'improvvisa e inaspettata dipartita di Ralph mi ha davvero sconvolta. Ti prego di accettare le mie più sincere condoglianze. Di lui ricorderò ogni cosa con grande affetto (tranne, forse, l'olezzo).
Ti sono vicina nel dolore,
tua Amy

35

«NON battere le palpebre o lo impiastri», fa Cassie a dieci millimetri dalla mia faccia. Mi sta mettendo la matita nera sotto gli occhi.

«Scusa», sussulto. Sospira e prende un fazzoletto per togliere lo sbaffo. Mi vengono giù le lacrime e mi viene da starnutire. Non posso ancora guardarmi allo specchio. La trasformazione potrebbe essere uno shock troppo grande.

«Non riesco a credere che fai questa roba tutti i giorni», aggiungo.

«La perfezione ha un prezzo.»

«Non ne hai bisogno, sei carina lo stesso.» Cassie interrompe quello che sta facendo e mi guarda sorpresa.

«Tu sei quella brava. Io sono quella carina. Nonna May diceva così quando eravamo piccole. Ed è la verità. Il trucco mi fa sentire bene. Sai... non sono sicura come te.»

«Scemate», ribatto. «Stai facendo dieci esami.»

«Ma non sono mai stata una campionessa. Non ho

mai vinto niente, né mi sono mai posta un obiettivo mettendoci anima e corpo per raggiungerlo. Tu sei fortunata.»

«Sì, proprio», replico sconcertata.

«Qualsiasi cosa accada, sarai sempre Amy. E questo è speciale», continua mia sorella passandomi il mascara nero sulle ciglia. «Era scritto nelle foglie di tè quando sei nata.»

«Lo sai che nonna May è fuori di testa. Aveva predetto che mamma avrebbe sposato una star di Hollywood, avrebbe avuto cinque figli e sarebbe vissuta in un grande palazzo.»

Mia sorella sorride, ma non è del tutto convinta. «Ecco», annuncia. «Sei pronta.»

Mi faccio forza per guardarmi allo specchio e resto sbalordita. Il viso riflesso appartiene a qualcuno più grande di me, una giovane donna con magnifici occhi neri e zigomi alti. Ha un aspetto mediterraneo. Il sorriso incornicia dei piccoli denti dritti, bianchissimi sulla pelle olivastra. La bocca è piena e di un rosso scuro, il colore delle ciliegie marasche.

«Sembri nonna Jane», fa Cassie. La mamma di papà è morta prima che noi nascessimo. Era mezza italiana e aveva studiato arte a Venezia. Papà ha la sua foto nella nostra privata galleria al piano di sotto. È un ritratto di lei su una gondola con un vestito bianco il giorno in cui si è fidanzata con nonno Hugh. Scorgo la somiglianza, anche se i suoi capelli sono neri e i miei castani.

«Grazie, Cassie. È fantastico», esclamo. «Sei proprio brava con questa roba.»

Mia sorella non dice niente, ma so che è arcicontenta del fatto che riconosca il suo senso artistico. «Ho scoperto un corso di laurea sugli effetti speciali», m'informa. «Ne parlerò con mamma, vedrò cosa ne pensa. Potrei fare qualcosa nel cinema.»

«Forse sei tu quella che sposerà la star di Hollywood, avrà cinque figli e vivrà in un grande palazzo.» Ridacchiamo tutte e due.

Qualcuno bussa piano alla porta. «Taxi per la signorina Curtis», grida una voce familiare che finge di essere il maggiordomo.

«Pronta», rispondo e apro la porta. Papà reagisce a scoppio ritardato. La sua faccia sembra un quadro. Cassie mi ha spuntato i capelli e li ha intrecciati ai lati. Ho preso in prestito i suoi jeans e la giacca nera e ho messo le mie scarpe da ginnastica e un maglione rosa. Guardo mio padre con grande attesa.

«Allora, cosa ne pensi?» chiede Cassie. «Assomiglia a nonna Jane, vero?»

«Non sono sicuro che ti serva tutto quel trucco per andare al cinema», fa papà guardando l'orologio. «A che ora hai detto che dovevamo essere lì?»

«Alle cinque e mezzo», rispondo intontita.

«Sarà meglio andare allora.» Detto questo si allontana. Mi volto verso Cassie e alzo le spalle con aria interrogativa. Lei mi abbraccia.

«Aspetta, aspetta», mi ferma a un tratto prendendo il suo profumo e spruzzandomelo sul collo.

«Oh, era proprio necessario?» tossisco, il vapore mi va nel naso.

«Stai benissimo. Sul serio. Va' e divertiti.» Mi segue di sotto. Mamma aspetta in fondo alle scale. Sorride raggiante quando mi vede.

«Wow, ma guardati», esclama tutta commossa. «Aspetta un minuto, faccio una foto.»

Scompare per un istante e torna con la macchina digitale. «Avvicinati a Cassie, così, più vicine.»

Ci mettiamo le braccia intorno alle spalle e facciamo delle smorfie stupide.

«Non così... dei bei sorrisi», sospira mamma, proprio come faceva quando ci insegnava a dipingere con il pennello. Ridiamo entrambe a quel ricordo e un flash improvviso intrappola l'attimo per i posteri.

«Vediamo, hai preso i soldi?» chiede.

«Sì.»

«E il telefonino?»

«Sì.»

«E qualche fazzoletto se il film è triste?»

«SÌ!»

«Mamma!» fa Cassie.

«Scusa, scusa. Divertiti. Chiamaci se qualcosa...»

«Lo farò. Ma andrà tutto bene», la rassicuro baciandola sulla guancia.

«Ciao, allora.»

Mia sorella accompagna mamma in soggiorno in modo che non esca a salutarmi. Chiunque penserebbe che me ne vado di casa per non tornare mai più...

Squilla il telefono. Cassie alza il ricevitore e fa una smorfia. «È il goblin con il moccio al naso», sussurra. È così che chiama Ciccio.

Faccio segno di no e Cassie gli dice che non ci sono, ma che richiamo domani.

«Grazie», mormoro chiudendomi la porta alle spalle. Spero che Gus stia bene. D'un tratto mi sento molto in colpa per non averlo chiamato neppure una volta. Sono stata un'orribile sorella per lui.

Mi farò perdonare, Soph. Lo prometto...

Papà ha messo in moto. Aspetta che mi allacci la cintura prima di partire. Saluto dal vetro posteriore. Mamma e Cassie ricambiano. «Allora di cosa parla il film che vai a vedere?» chiede infine papà.

«Parla di una ragazza di un quartiere povero che diventa Miss America. È una commedia.»

«Chi è il regista?»

«Non lo so.» Oh, rilassati, papà. È solo un film con le mie compagne.

Dalla sera in cui siamo tornati a casa dalle vacanze questa è la prima volta che io e lui siamo da soli. C'è una specie di silenzio compito fra noi. Lui sembra un po' distante, avvolto nei suoi pensieri. Non è lo stesso papà che si alzava in piedi sul mio letto e cantava nella spazzola. Forse sono io a vederlo sotto un'altra luce. Credo che l'incidente abbia cambiato il modo in cui noi tutti guardiamo le cose. Forse è per questo che mamma ha iniziato a dipingere paesaggi tempestosi anziché fiori...

Ci fermiamo davanti al cinema e vedo Georgia, Rachel e Ally che aspettano nel foyer. Mi salutano come delle idiote.

«Eccole, papà. Grazie del passaggio. Ci vediamo dopo.» Mi chino e gli do un bacio sulla guancia.

«Amy?» dice d'un tratto. «Divertiti, piccola mia.»

«Sarà fatto. Ciao.»

Quando entro nel cinema papà sta ancora salutando...

36

Da: amycurtis@ntlworld.com
A: ralphrabbioso@hotmail.com
Oggetto: Misurazioni

Caro Patatino,
come stai? Dove sei?
Notizia fresca! Ho fatto domanda per entrare nella classifica del Comitato Paraolimpico Internazionale, il che significa che dovrò superare dei test davanti a degli esaminatori – di solito un medico o un fisioterapista e un allenatore scelti dall'associazione di nuoto amatoriale. Se i miei tempi sono buoni potrò partecipare alle gare regionali e di contea contro i nuotatori abili. Il problema è che non devo solo nuotare a stile libero. Vogliono vedere dorso, delfino e ogni genere di partenza e virata. E ho dovuto firmare un modulo per acconsentire a farmi misurare il moncone e la gamba buona. Non voglio neanche pensarci...

Da: ralphrabbioso@hotmail.com
A: amycurtis@ntlworld.com

Oggetto: Scemata

Scemi,
cosa vuol dire che ti misurano il moncone? Che razza di regola loffia è questa? Digli di non immischiarsi... io lo farei.
Abbraccissimi
H

«Quello non è un delfino. È un serpente a sonagli. Sant'Orazio...» fa Ramoul scuotendo la testa.

Ho appena fatto venticinque metri nello stile che odio di più e sono un po' disorientata. La mia testa è in caduta libera...

«O forse un polpo molto ma molto confuso...»

«Prova tu con una gamba sola», sbotto.

Ramoul schiocca le dita e indica i miei occhialini. Li tolgo e glieli porgo arrabbiata. Mette entrambi i piedi nell'elastico, lo stringe in modo che gli tenga le caviglie unite e fa un tuffo perfetto in acqua alta. Nuota cinquanta metri a delfino per rendere l'idea. E conclude con un rullo di tamburi a bordo vasca.

«Che cosa dovrei fare? Applaudire?» brontolo mentre emerge accanto a me e con un solo gesto si siede al bordo.

«Devi solo dire che è possibile, tutto qui. Vuoi entrare in quella classifica più di qualunque cosa, giusto?»

«Sì.»

«Gli esaminatori non faranno delle concessioni speciali se sembri un calamaro.»

«Va bene, va bene. Ci riprovo. Posso riavere i miei occhialini?»

«Parola magica?»

«E se no?»

«Quelle sono tre parole.»

Ramoul sa essere talmente fastidioso. Mi lancia uno dei suoi sorrisi più bianchi del bianco e tiene gli occhialini fuori dalla mia portata.

«Allora cosa vogliamo fare, Amy Curtis?»

Tento invano di afferrarli.

«Qualcosa che ti farà soffrire un sacco», lo avviso.

«Ooh. Ora sì che siamo arrabbiate...»

Di colpo mi spingo fuori dall'acqua, allungo il braccio sinistro al massimo e gli strappo di mano gli occhialini.

«Sì, proprio così, devi *allungare* quelle braccia e piantarla di essere tanto pigra.»

«Potevi dirlo anziché farmi prendere l'osso come ai cani», ringhio. «E potevi informarmi che esistono delle gambe speciali per nuotare...»

Ramoul sbarra gli occhi. «Il punto con te, Polpo Amy, è che la fai tanto facile. Ma so bene che cosa succede in quella testolina matta, e non saresti contenta se vincessi grazie a un arto artificiale. Ti stai comportando in modo riprovevole oggi...»

Come al solito Ramoul ha ragione. La mia rabbia si trasforma nella miglior vasca a delfino che abbia mai fatto. Quando tocco il bordo e alzo gli occhi, Mike Tindall è in piedi che parla con Ramoul. Kel fa stretching dietro di loro. Staranno aspettando che liberi la corsia. Sento le orecchie diventare rosse per l'umiliazione.

Più tardi, nel caffè della piscina, Ramoul mi dà il foglio con i nuovi esercizi e la dieta. Leggo e resto senza fiato. «Cinquanta flessioni sulle braccia? Ogni giorno?»

«Oh sì.»

«E spinaci?» (Triplo *snort.*) «Sembrerò Braccio di Ferro.»

«Sembrerai un'atleta formidabile», ribatte sincero. «Di quelle che dicono: Sta' alla larga da me. È quello che vuoi, giusto?»

Guardo la piscina attraverso il vetro e vedo Kel che si allena a crawl. Ha uno stile davvero semplice: forte e sicuro. Gli occhi restano fissi per un istante sul suo fisico atletico. «Giustissimo», rispondo.

Sotto la doccia mi lavo con cura per rimuovere le ultime tracce di cloro e poi impiego venti minuti per asciugare i capelli. Tutta questa disonestà mi sta sfinendo. Ma sembra che non arrivi mai il momento giusto per dirlo a papà.

Vediamo le alternative. Qual è la cosa peggiore che può accadere? Be', testolina, potrebbe odiarmi e non parlarmi mai più. Oppure potrebbe ripudiarmi e dire di non avere una seconda figlia, come nel film *Il violinista sul tetto*. O potrebbe andarsene di casa dicendo che non può più vivere nello stesso posto circondato da BUGIE...

Anche mia madre avverte la tensione: tutto quel lavare asciugamani in segreto. E ha venduto uno dei suoi paesaggi tempestosi per pagare il noleggio della corsia.

È tempo di vuotare il sacco. Lo farò stasera quando

arriviamo a casa, così mamma non dovrà raccontare fesserie sul nostro shopping serale fasullo.

Mea culpa. L'ho imparato oggi a lezione di latino. Vuol dire: «È tutta colpa mia». Potrebbe essere un buon modo per iniziare...

Quando entriamo e mamma fa rumore con le borse del supermercato fingendo come al solito, papà è in cucina che prepara un soffritto di aglio e cipolle. Che profumo fantastico. Io e mamma ci guardiamo sorprese. Non riusciamo a ricordare quando è stata l'ultima volta che ha cucinato lui.

«Che ne dite di una parmigiana di melanzane?» chiede mio padre ad alta voce.

«Mmm. Favoloso», risponde mamma entusiasta.

«E per finire soufflé di limone», aggiunge Cassie, che ha un grembiule indosso e sta montando gli albumi con un miscelatore.

«Non è che abbiamo sbagliato casa?» chiede mia madre visibilmente felice.

Forse è un segno. Papà è allegro e dopo qualche bicchiere di vino perdonerà la mia disonestà e mi darà uno dei suoi grandi abbracci da orso...

E magari le rane voleranno.

Squilla il telefono e alzo il ricevitore.

«Ciao, 'Mì.» La voce è bassa e tremante.

«Ciccio. Cosa c'è?»

«Non mi hai più chiamato.»

È stato una settimana fa. D'un tratto il senso di colpa mi congela le vene. Me ne sono completamente dimenticata. Povero Ciccio. E dopo tutto quello che ho promesso... Mentre parliamo porto il ricevitore di sopra in camera. Non voglio che mamma e papà sappiano che l'ho deluso così.

«Mi dispiace tantissimo, Ciccio. Qualcosa non va?»

«Non so cosa fare, 'Mì.»

«Dimmi cos'è successo», lo incoraggio.

«È mamma. Si è chiusa a chiave in camera sua e non vuole uscire. La sento piangere sempre.»

«A volte le persone hanno bisogno di stare da sole, Ciccio. Forse si sente solo triste.»

«Adesso ha smesso.» Tira su con il naso.

«Allora va tutto bene.»

«No, non va bene. È troppo silenziosa. Non dice niente. Se ne sta seduta sul letto. Lo vedo dal buco della serratura.»

«Quando è successo tutto questo, Ciccio?»

«Ha iniziato a piangere sabato scorso. Ieri ha chiuso la porta. Ho fame, 'Mì. Anche i porcellini d'India sono affamati. Tutti i soldi nel barattolo sono finiti. Dovevo pagare il lattaio.»

La mia mente corre. Ciccio ha cercato di cavarsela da solo per sei giorni, e tutto perché non l'ho richiamato.

«Ho paura, 'Mì.» La voce sembra piccola e sottile.

Mea culpa. I pensieri mi si accavallano nel cervello in modo caotico. C'è solo una soluzione.

«Arrivo. Mi ci vorrà un po', ma continuerò a telefonarti così possiamo parlare, d'accordo? Andrà tutto bene, vedrai.»

«Sì, 'Mì. Puoi portare del fieno?»

Le braccia e le gambe mi tremano. Sono in piedi sulla soglia della cucina e devo sembrare bianca come un cencio perché mamma si porta le mani alla bocca. Non ho idea di cosa dire. Le lacrime iniziano a scorrere così veloci sulle guance che non faccio in tempo ad asciugarle.

Questa non è la confessione che avevo in mente.

37

STIAMO attraversando il Dartford Tunnel diretti a nord. Continuo a telefonare a Ciccio, ma non risponde. Sono le otto e mezzo e piove.

Papà tamburella con le dita sul volante, al ritmo della canzone che stanno trasmettendo alla radio. Ha lo sguardo fisso davanti a sé, come se la sua missione fosse salvare l'umanità e fosse in ritardo per lo scontro finale.

Mamma voleva chiamare la polizia, ma papà ha parlato con Ciccio che gli ha assicurato di aver sentito Shirley piangere qualche ora prima. Solo che non rispondeva quando lui bussava alla porta...

A parte una sosta per andare al bagno, papà resta nella corsia di sorpasso fino a Nottingham. Manca un quarto alle undici quando finalmente ci fermiamo davanti all'abitazione di Shirley. Ha smesso di piovere. Sui marciapiedi ci sono grosse pozzanghere illuminate dalla luna. Papà mi aiuta a scendere dalla macchina. Sono rigida come un pezzo di legno dopo essere rimasta seduta per tutto il viaggio. Batto i denti. Nella fretta ho dimenticato il cappotto. Papà si toglie il pile e lo fa scivolare sulla mia testa. Sa di cipolla e melanzane. Mi brontola lo stomaco, si lamenta per aver saltato la cena.

Saliamo le scale e papà suona il campanello. Mi chino e guardo nella buca della lettere. Il corridoio è buio, ma una luce proviene dalla cucina. Delle sagome scure corrono qua e là sul pavimento. Sento diversi squittii.

«Ciccio, sono Amy. Riesci ad aprire la porta?» chiedo a voce alta in preda all'agitazione.

«È troppo buio», risponde una voce spaventata.

«Non aver paura. C'è mio padre qui. Andrà tutto bene, ma devi farci entrare», lo incoraggio.

«La luce ha fatto *BANG*», piagnucola Gus.

«Dev'essere saltata la lampadina», fa papà. «Vado a prendere la torcia in macchina.» Scompare giù per le scale. Non si sente nulla, tranne il cicaleccio lontano di un televisore.

Papà ritorna con la torcia accesa e la punta nella buca delle lettere.

«Ecco. Adesso ci vedi. Ciccio?»

Qualche attimo dopo, scorgo una grande ombra simile a una tartaruga gigante che avanza lentamente a carponi verso di noi.

«Arrivo, 'Mì. Non voglio schiacciare i piccoli.» Raggiunge la porta, toglie il catenaccio e apre appena un po'. «Attenti. Potrebbero scappare.»

Papà e io entriamo. L'appartamento ha un odore stantio di patatine precotte e fieno vecchio. La torcia illumina centinaia di piccole palline nere per terra. Conto almeno sette porcellini d'India che corrono qua e là con gli occhi spaventati e rossi nel fascio di luce bianca.

«Gesù Cristo», fa papà sottovoce.

Gus è tornato in cucina, si è seduto sotto il tavolo che sembra essere diventato la sua casa, visto che ospita il suo cuscino, il piumone e diversi orsetti di Sophie. Sul tavolo ci sono vari piatti e tazze sporchi e gli avanzi di pizze surgelate non cotte.

Mio padre mi dice di badare a Gus e dargli un po' del latte e della torta che mamma ha messo in gran fretta in un sacchetto. Lui bussa alla porta di Shirley e prova a girare la maniglia. «Shirley. Sono Dave Curtis. Amy è con me. Siamo venuti a vedere se stai bene. Mi senti?»

Nessun rumore. Papà si volta verso di me. «Dovrò sfondarla.»

«Aspetta. Fammi provare.» Mi avvicino alla porta. Mi è appena venuta in mente una cosa.

«Shirley? Ti ricordi quella volta che io e Sophie ci siamo chiuse a chiave in bagno, quel giorno che ci siamo messe a preparare pozioni magiche con il detersivo e le foglie secche? Soph diceva che eravamo sotto il potere di un incantesimo di magia nera e che la chiave stregata avrebbe aperto la porta solo quando le pozioni erano pronte. Tu dicevi che anche se non fossimo mai venute fuori non t'importava perché tu e Gus uscivate a prendere il tè. E se noi non venivamo, Gus poteva mangiarsi le nostre fette di torta.»

Silenzio. Papà mi fa segno di continuare.

«Abbiamo sentito la porta di casa chiudersi e Soph ha iniziato a piangere e ha aperto. Tu e Gus ci stavate aspettando sul pianerottolo con i cappotti addosso. E siamo usciti a mangiare la torta e tu ci hai detto che è molto importante non chiudersi a chiave perché le persone possono spaventarsi e può essere molto pericoloso. Ti ricordi, Shirley?»

Nessun rumore.

«Non sente», mormora Gus con gli occhi bassi.

Guardo papà; la sua espressione mi dice che la situazione è molto seria. Fa cenno di spostarci dalla porta. Vuole buttarla giù. Io e Gus andiamo in cucina e ci tappiamo le orecchie con le dita. Papà dà un calcio al pannello di legno proprio sotto la maniglia. Si sente un fortissimo rumore quando il legno va in pezzi e la serratura viene forzata dall'altra parte. Accende la luce. Tutti guardiamo nella stanza.

Non c'è nessuno.

«Quando hai detto che è stata l'ultima volta che hai sentito tua mamma?» chiede papà a Ciccio ansimando.

«Sono tornato da scuola. L'ho sentita piangere di nuovo», risponde.

«Sei andato a scuola da solo?» ripete papà sconvolto.

«Se arrivi presto puoi fare colazione», risponde Ciccio. «Sandwich al bacon e omelette.» Gli occhi chiusi spariscono dietro le guance.

«Va tutto bene», cerco di rassicurarlo. «Non sei nei guai.»

«Non hai sentito uscire mamma?» chiede papà con dolcezza.

«Guardavo *I Simpson* a tutto volume per non sentirla piangere», sussurra Gus con la voce sottile come gli squittii dei porcellini d'India.

Papà controlla in fretta la stanza per vedere se c'è qualche indizio, ma la camera dipinta di viola è pulita e ordinata. Non manca niente dall'armadio o dal comò. C'è soltanto un'impronta nel piumone a fiori dove Shirley doveva essere seduta qualche ora fa. Il tessuto ormai ha rilasciato il calore.

«Guarda nella stanza accanto», fa papà e per poco non mi si ferma il cuore. Mi sta chiedendo di andare nel regno della mia amica – un luogo dove abbiamo passato tanto di quel tempo a raccontarcela e a fare congetture. Adesso è un museo, un posto pieno di ricordi sospesi nel tempo.

Ruoto la maniglia ed entro. Le tende sono chiuse. La luce dei lampioni filtra all'interno e vedo le sagome degli orsacchiotti di Sophie sul letto e sulle mensole. Mi fissano come se venissero da un altro mondo, gli occhi di vetro grandi e inanimati. L'anno scorso avrei potuto recitare tutti i loro nomi. Era un gioco che facevamo spesso. «Toby, Oscar, Ranuncolina, Liquore, Tilly, William...» Adesso le loro identità sono svanite dalla mia memoria e rimane soltanto un appello di ombre.

D'un tratto la luce si accende e mi fa sobbalzare. Papà è apparso dietro di me. Mi sta abbracciando perché tremo alla vista del pigiama di Sophie con gli orsetti polari per terra e del suo piumone sgualcito che pende dal letto, forse proprio come l'aveva lasciato il giorno in cui è uscita e non è più tornata. Chiudo gli occhi per allontanare quella vista.

«Vado a chiamare la polizia», annuncia papà in tono pacato.

Ciccio sente queste parole e inizia a piangere forte. «Non ho fatto il cattivo», dice fra le lacrime.

«Dobbiamo trovare tua mamma, Gus. E la polizia può farlo più in fretta di noi», spiega papà. Sento che preme i tasti del telefonino...

Aiutaci, Soph...

Nella mente, un'immagine: Shirley sola su un terreno battuto dal temporale, fradicia di pioggia, che farnetica circondata da forme scure e viticci aggrovigliati. Nel cielo sopra di lei volteggia un'aquila dalle ali spiegate e terribili, il becco aperto in un urlo silenzioso.

«Papà, aspetta. So dov'è.»

È quasi mezzanotte quando arriviamo. La pioggia continua a scagliarsi sul parabrezza. Mio padre spegne il motore, ma lascia la chiave girata in modo che i tergicristalli puliscano il vetro. La luce bianca dei fari illumina file disordinate di croci di pietra dietro il muro di selce e, più oltre, la sagoma massiccia della chiesa.

«Voi due restate qui», ordina papà, ma Gus è già uscito dalla portiera posteriore. Sta scomparendo nel cimitero come un demonio, tutto ingobbito per ripararsi dalla pioggia, la giacca tirata sopra le orecchie.

Non sono molto distante da lui. Papà chiude la macchina con il comando a distanza e ci segue nel labirinto di lapidi e tombe. I piedi raschiano impazienti la ghiaia bagnata. L'acqua scende in rivoli dalle cime delle statue, le cui teste sono chine per il dolore. Perfino gli angeli stanno piangendo. Sembra di essere finiti in un videogame e questo è il labirinto della morte. Da un momento all'altro un mostro diabolico ci salterà addosso con le fauci spalancate e il nostro destino sarà segnato. Il cuore mi batte all'impazzata. Dovunque guardi immagino tombe che si scoperchiano cigolando e che svelano scheletri dai denti serrati per il terrore, braccia ossute che si allungano verso di me, attirandomi negli inferi...

Mio padre ha portato la torcia. La sua luce ha illuminato Gus che adesso sta correndo. Si sente un grido improvviso e d'un tratto è per terra che si dimena tenendosi il ginocchio, farfuglia e punta il dito verso il cielo. Sopra di lui le ali enormi di un'aquila nera si distendono come un mantello. Ha il corpo curvo sulla sua preda, gli artigli sono grandi come una mano umana.

«'Mì, 'Mì!» strilla riparandosi la testa con le braccia. «Mandala via!»

«È fatta di pietra», lo rassicura papà aiutandolo ad alzarsi. Gocce di pioggia gli colano sul naso. «Riesci a camminare?»

«Sì», risponde Ciccio mentre arranca coraggiosamente.

Ormai non manca molto...

Svoltiamo vicino a una siepe folta e aggrovigliata; abbiamo i vestiti appiccicati al corpo, il vapore dei nostri respiri si avvolge in spirali intorno ai rami sporgenti degli alberi, simile a un serpente. Gus alza la mano, rantola e indica qualcosa. Cinque metri più in là un gatto randagio avanza di soppiatto sul vialetto, gli occhi come lune argentate, la schiena incurvata agile e lucente, pronto alla fuga. In un batter d'occhio è sparito, inghiottito dal silenzio della notte.

Papà illumina il cammino davanti a noi e sposta piano la torcia da un lato e dall'altro. Si intravedono lapidi e incisioni – immagini del paradiso sognate dai parenti addolorati. Cherubini dai volti paffuti, fanciulle che suonano l'arpa, cavalli alati e immobili... Lontano, dietro di loro, nell'angolo a destra dove una volta mi ero inginocchiata per dire addio alla mia migliore amica, si staglia una figura solitaria, seduta un po' storta, con la testa china, un braccio sollevato a coprire il viso, come in una natura morta.

Grazie, Soph. Sono in debito...

Mio padre si avvicina e le porge la mano. Shirley alza gli occhi. Ci mette un po' per capire che siamo qui. Guarda lui, poi me, poi Gus. La bocca le si schiude e lì per lì non esce nessun suono. Poi affiora un profondo gemito d'angoscia, come il vento del Nord che soffia sui monti Pennini, acquista forza e diventa un lamento inumano che sembra echeggiare nel cimitero come un coro di antiche anime.

E papà la sorregge, la solleva da terra, le appoggia la testa sulla sua spalla fradicia e rimane fermo finché il pianto non cessa.

«Metto su il bollitore», dice papà sbadigliando.

Siamo tornati nell'appartamento di Shirley e Gus. I vestiti bagnati sono appesi su uno stendibiancheria in cucina. Shirley ha prestato alcuni indumenti a me e papà. Lui sembra un po' strambo con i pantaloni rossi da jogging che gli arrivano al polpaccio e la maglietta con la scritta DONNE AL POTERE, UOMINI A SEDERE.

Io e papà abbiamo pulito tutto mentre Shirley e Gus

facevano una doccia calda. Papà ha sostituito la lampadina nell'ingresso. E per ora abbiamo messo i porcellini d'India in una grossa scatola di plastica che ho trovato in camera di Sophie e che ho foderato con della carta di giornale tagliuzzata. Adesso dormono, dopo una cena a base di carote surgelate cucinate al microonde.

Siamo seduti tutti e quattro al tavolo della cucina. Gus ha la testa appoggiata al braccio. È l'una di notte. Stiamo mangiando sandwich al formaggio, patatine fritte, pomodori e mele, cioè quanto era rimasto sugli scaffali della drogheria aperta ventiquattr'ore dove ci siamo fermati.

«Va meglio adesso?» chiede Gus esitante.

Shirley annuisce. «È che non riuscivo a farlo andare via. Il senso di colpa peggiorava ogni giorno, il fatto di non aver impedito che succedesse, se solo fossi...» Shirley abbassa lo sguardo, sopraffatta dalla tristezza. «All'inizio le pillole del dottore funzionavano, ma mi stordivano. Non ricordo molto degli ultimi giorni. Né ricordo di aver chiuso a chiave la porta e di essere uscita...»

«Non è stata colpa tua, lo sai», la conforta papà muovendo le bustine di tè nella teiera rosa dal manico traballante, comprata di seconda mano da Sophie e Gus come regalo per Shirley il penultimo Natale. Ma i suoi occhi dicono che il senso di colpa tormenta anche lui, giorno dopo giorno, notte dopo notte.

Gli occhiali del giudice di gara cadono al rallentatore. I frammenti scheggiati luccicano sulla superficie dell'acqua... È qui che tutto è cominciato, è qui che le onde hanno iniziato a farsi lunghe...

«Tutti si aspettano che raccolga i pezzi della tua vita», continua Shirley, «ma la mente e il cuore sono imprigionati in quell'istante e l'unica cosa che gli occhi vedono sono due bellissime ragazzine, le nostre, per terra una accanto all'altra ricoperte da un manto di sangue.» Beve un sorso di tè che papà le ha messo davanti.

«Tu l'hai affrontato, Shirley. Non sei scappata via pensando di archiviare il tutto in una bella scatola e di non togliere mai il coperchio», mormora papà.

«Al posto tuo avrei fatto lo stesso», ribatte lei mettendogli una mano sul braccio. «Nuovo inizio, facce nuove, nuovi orizzonti. Perché no? Per me e Gus è diverso. Noi la sentiamo qui. Sophie appartiene a questo posto. Vederla su quella sedia, o mentre salta i gradini, o quando esce dal cancello della scuola... è come un'ancora di salvezza. Ne ho bisogno perché è davvero difficile conservare il ricordo, il ricordo esatto della sua voce.»

Il volto di Shirley si rannuvola un istante. Lo copre con la mano.

«Avevi ragione a essere arrabbiata con me in tribunale», comincia papà senza guardarla. «Avevi bisogno del nostro sostegno. E noi non c'eravamo. Eravamo così ossessionati dalla nostra situazione. Il fatto che un attimo prima la vita era perfetta, e poi improvvisamente tutto è cambiato. Mi sono reso conto di non riuscire a tenere insieme i frammenti. Era come se si fosse tirato un filo e tutta la matassa si dipanasse. C'erano persone che interferivano nella nostra esistenza: medici, esperti, fisioterapisti, tutti lì a dirci che cosa era meglio per noi e per Amy. Non riuscivo a uscirne. Mi sono gettato a capofitto nel lavoro facendo più di quanto potessi. Ho lasciato che fosse Ellen a occuparsi delle conseguenze. È così saggia e forte e invece io...» La faccia di papà si deforma nella maschera di un mimo, l'immagine della disperazione. Ma senza lacrime. Credo che le abbia versate tutte.

«Guardaci, Amy», Shirley cerca di sorridere. «Un bel paio di gargoyle, eh?»

«Speriamo che il vento non cambi», ripeto le parole che lei aveva detto scherzando tanto tempo fa, poche ore prima dell'incidente.

«Forse è cambiato, tesoro», risponde lei allungandosi sul tavolo per dare un grande abbraccio a me e a papà.

Dalle narici di Gus provengono degli strani rumori di locomotiva. Sta russando.

38

SIAMO sull'autostrada in viaggio verso sud. Piove di nuovo. I camion diretti in Europa lanciano spruzzi a non finire sul parabrezza. I tergicristalli si muovono a doppia velocità come due metronomi impazziti. Tuoni sinistri rombano sulle nostre teste. L'orchestra della natura ha iniziato il suo concerto.

Papà è nella corsia di sorpasso. Ne conto tre di fila: mostri metallici, ognuno con una doppia serie di ruote gigantesche per parte. Chiudo gli occhi. Mi sudano le mani, le aggrappo al sedile. Non voglio vedere gli assi massicci sotto i cassoni, né sentire le vibrazioni causate dai carichi enormi.

«Non lasciare che la vita scorra via», canta la diva del jazz Betty Blue nella compilation di papà. «Non perdere l'occasione di volare...»

In altre parole, *carpe diem*, cogli l'attimo. Ecco un'altra cosa che ho imparato nella lezione di latino...

Siamo di nuovo nella corsia lenta e non c'è niente in vista. Strana questa cosa che succede in autostrada. Un attimo prima, una fiumana di veicoli, quello dopo, uno spazio vuoto che si estende all'infinito. Viaggiamo per una trentina di chilometri, soli nell'oscurità, come fossimo stelle cadenti che attraversano l'universo.

Poi, in lontananza davanti a noi, qualcosa si muove sulla strada, guizza avanti e indietro. È difficile distinguerlo nella pioggia.

«Papà, guarda...»

Ma papà l'ha già visto e sta sterzando per fermarsi in una piazzola d'emergenza. Accende subito le quattro frecce. Da questa distanza si intravedono due sagome scure nella corsia di sorpasso. Una è immobile. L'altra, più piccola, le sgambetta intorno nervosamente.

«È una volpe», dice papà. «Meglio che la sposti, altrimenti potrebbe provocare un incidente. Resta qui.»

Mentre scende mi volto sul sedile p+er controllare il traffico. Luci abbaglianti si muovono come puntini luminosi, a velocità costante verso di noi.

«Fa' in fretta, papà», grido. Attraversa di corsa la strada e solleva il corpo senza vita. Cerca di persuadere il cucciolo a seguirlo, ma questo ha paura e non si muove. Mio padre esita. I camion si avvicinano veloci. Non avrà abbastanza tempo per raggiungere la corsia d'emergenza. Resterà in quella di mezzo.

Oddio, stavolta no...

Il primo camion suona il clacson dal rumore metallico in segno di avviso. Cinque secondi dopo sfreccia a gran velocità, seguito a breve distanza dagli altri due mostri. La macchina oscilla al loro passaggio. Il rumore mi fa rabbrividire.

«PAPÀ!» grido. Dopo che l'ultimo camion è passato, un lampo balena nel cielo e la pioggia sferza con più ferocia di prima. Scruto l'oscurità e vedo soltanto due pupille luccicanti e la punta bianca del naso di un cucciolo di volpe spaventato che mi guarda dalla corsia centrale. Qualche istante dopo corre con decisione attraversando la strada e s'infila nei campi alla mia sinistra. La piccola coda folta scompare dietro una siepe di ginestre.

Papà non è molto più indietro. Bagnato fradicio, adagia il corpo della volpe adulta sull'erba. Ha del sangue sul maglione e sulle mani. Rientra in macchina gocciolante, sembra una comparsa di *Braveheart*.

«Era fredda. Doveva essere morta da un po'.»

«Pensi che il cucciolo starà bene?» chiedo in tono pacato.

«Almeno ha un'occasione in più, adesso è lontano dalla strada», risponde cercando di calmare la voce. Gli tremano le mani. Si sfrega la faccia con impazienza e mette in moto, ma non parte ancora.

«Grazie», gli dico posandogli una mano sul braccio.

«Avrei voluto fare lo stesso...» non riesce a finire la frase.

«Lo so», sussurro.

«Quando è nata Cassie, con due settimane di ritardo e naturalmente tutti i drammi del caso, stavo tornando da Dubai e lei aveva già un giorno di vita quando l'ho vista. Era tutta rosa nella sua tutina, e avvolta nelle coperte morbide come fosse un pacco regalo. Quando sei arrivata tu, in anticipo, impaziente di vivere, sono stato il primo a tenerti in braccio. Ancora prima della mamma. Eri un esserino nuovo, straordinario, vulnerabile e io reggevo la tua vita nelle mie mani. Dissi a me stesso che ti sarei sempre stato vicino. Non avrei permesso che ti succedesse niente. E negli ultimi mesi non ho fatto che deluderti, ogni giorno di più...» La voce di mio padre è quasi un sussurro.

«No, papà, non mi hai delusa», lo rassicuro. «Sono molto fiera di te.»

«E io sono molto fiero di te», risponde.

È adesso che deve succedere, prima che questo momento d'intimità svanisca, prima che mi tiri indietro. Bisogna tirar fuori le parole che potrebbero rovinare questa calda, intima atmosfera di amore incondizionato e cambiare per sempre il nostro rapporto.

Perché la vita è così complicata? Sembra che più ami qualcuno, più è difficile condividere la verità. Eppure, di tutte le persone al mondo, senza dubbio, quelle a cui siamo più legati saranno anche le più tolleranti e indulgenti, no?

Ora che papà è uscito dalla sua caverna, spero che capirà...

«Non voglio che ti arrabbi...» inizio a tastare il terreno.

«Sono fradicio, stanco morto, sporco e infreddolito, ma non sono arrabbiato, Amy. Grazie a te. E a Shirley», dice papà.

Respiro in modo strano, come se i polmoni si fossero rimpiccioliti fino a diventare quelli di un topo. Il mondo è immobile. Siamo al caldo e al sicuro nella nostra capsula temporale. Mio padre è fiero di me. Vorrei che quest'attimo durasse per sempre.

«Hai mai sentito parlare di *carpe diem*, papà?» chiedo.

«È un gruppo musicale o una strana setta religiosa?» risponde guardandomi intensamente. Sembra spaventato, come se non sapesse dove andrà a parare questa conversazione.

«Significa cogli l'attimo.»

«Sì, so cosa significa.»

«È quello che ho deciso di fare. Ho ripreso ad allenarmi. Vado bene, papà. E sto migliorando.»

Lui guarda dritto davanti a sé, non batte ciglio e ascolta le mie parole.

«Ho cercato di dirtelo, quella sera al molo. Ma tu eri convinto che non potevamo tornare alla vita di un tempo... Mamma invece era d'accordo. Non volevamo che fosse un segreto...»

Silenzio. Ho sentito parlare di autocombustione, di persone che prendono fuoco e di loro non resta niente all'infuori delle scarpe.

«Credo...» apre bocca infine papà.

Che sono la persona più disonesta del mondo? Che non si fiderà mai più di mia madre e che la nostra famiglia è distrutta?

«Di essermi comportato da vero cretino. Amy?»

«Sì, papà?»

«Una seconda chance sarebbe possibile?»

E d'un tratto mi abbraccia fortissimo e la mia faccia è pigiata contro il suo maglione bagnato che sa di pioggia, di pelo di volpe, e di lui. È un abbraccio violento, come una volta, e fa sentire a casa...

39

Le vacanze di Pasqua sono arrivate di pari passo con il bel tempo. Il parco è pieno di fiori primaverili curati da una squadra di burberi giardinieri del comune. I narcisi, sbocciati troppo presto a febbraio, hanno lasciato il posto a tulipani e iris di un rosa e rosso intensi e creano un'allegra distesa di colore vicino ai vialetti.

Mamma e papà mi stanno accompagnando alla prima sessione di allenamento con la società di nuoto di Brighthelm. È la mia prima volta in acqua da quando ho superato l'esame del Comitato Paraolimpico Internazionale. Dopo avermi studiata nei test a secco e in acqua, l'associazione di nuoto amatoriale ha deciso che posso gareggiare contro nuotatori abili della mia età. Fortunatamente Mike Tindall era nella giuria degli esaminatori e il fatto che nelle ultime sessioni di allenamento abbia raggiunto dei buoni tempi nei cento e duecento metri a stile libero ha aiutato.

Ramoul, come sempre, aveva ragione riguardo agli spinaci...

Chissà se i compagni più piccoli urleranno alla vista di Arthur. Nello spogliatoio faccio vari respiri profondi prima di riemergere dal mio bozzolo sicuro, una farfalla dall'aspetto strambo.

Niente da temere. Quando arrivo in vasca, i membri della società, che vanno dagli otto ai sedici anni, si stanno già scaldando, nuotano avanti e indietro agitando l'acqua come pesci impazziti.

«Ciao, Amy», mi saluta Mike che indossa la felpa da allenatore. «Sono contento che sei riuscita a venire oggi. Faremo qualche prova a cronometro per le prossime gare.»

Sembra un invito. Slaccio Arthur e lo appoggio contro il muro prima di abbassare gli occhialini. Mike mi aiuta ad arrivare al bordo vasca e mi tuffo in una corsia libera. Sembra di tornare a casa. Un'ondata di adrenalina mi attraversa tutto il corpo rendendolo reattivo e fluido.

Dopo il riscaldamento, Mike ci divide in quattro squadre. Per iniziare prenderà il tempo dei nostri cinquanta metri a stile libero. Nuoterò contro un'altra ragazza e due ragazzi. La ragazza, Phoebe è alta la metà di me ed è molto asciutta. I ragazzi sono più grandi, avranno almeno quindici anni. Quando li guardo da vicino, il cuore mi sobbalza. Uno di loro è Kel Stevens.

In breve tempo siamo sul bordo vasca, braccia in alto, teste chine, ginocchia piegate (o ginocchio, nel mio caso), in attesa del fischio di Mike.

«Non è una gara», mi avvisa Mike in tono pacato. «È solo per vedere come ve la cavate.»

Ma la bandiera rossa volteggia. Il toro, bovino cocciuto, scalpita impaziente aspettando il momento della carica... Sono così impegnata a guardare Kel di traverso che la gamba inizia a vacillare e mi inclino a sinistra. Per quanto saltelli non posso impedire l'inevitabile ruzzolone sul fianco, che va a sbattere contro le mattonelle con un forte *tomp*. Amy, stupida, idiota, babbea che non sei altro. Adesso ti sei stirata un muscolo e, quel che è peggio, hai messo la vittoria su un vassoio d'argento al nemico.

In un baleno Kel è la prima persona a essermi accanto e mi aiuta a rialzarmi. Sorregge tutto il mio peso sul suo braccio e mi solleva in un solo movimento fluido.

«Grazie», mormoro con le orecchie viola per l'imbarazzo.

«Nessun problema», sorride. «Appoggiati a me.»

È esattamente quello che mi aveva detto Harry nel suo biglietto un mucchio di tempo fa. Testolina, riprenditi! Questo favoloso ragazzo atletico mi tiene fra le braccia. Perché vorrei che fosse il mio pazzo amico di penna?

«Forse potremmo andare a bere qualcosa qualche volta. Per parlare di tattiche», aggiunge Kel. E improvvisamente il dolore che ho sentito al fondoschiena e che mi ha fatto affondare le unghie nella carne morbida dei palmi delle mani per non gridare svanisce.

Adesso mio padre e Mike mi sono accanto a controllare i danni. Papà regge ancora la copia di *Yacht* che stava facendo vedere alla mamma qualche attimo fa. Mi porge l'asciugamano e mi accompagna a una panchina.

«Sei fortunata a non esserti rotta niente», osserva Mike.

Ma non gli sto davvero prestando attenzione. La mia testa fa acrobazie trillando: *Kel ti trova carina*. E forse, se Kel la pensa così, Harry potrebbe essere d'accordo?

Phoebe e i ragazzi tornano ai loro posti e al fischio lei è la prima a entrare in acqua, dimena le braccia come uno sfrenato mulino a vento.

Kel e l'altro ragazzo, il cui nome è Shane, impiegano di più a riemergere ma ben presto nuotano con lunghe bracciate e superano Phoebe che è completamente nascosta da un alone di spruzzi e schiuma.

Shane è il primo a fare la virata. Kel sembra allungare le braccia come se avesse una nuova missione e nuota con forza incredibile. Phoebe è almeno quattro secondi più indietro, come una vela che perde velocità.

«Vai, Special K, vai», grida alla mia destra un gruppetto di loffie ragazzine di dieci anni.

Mentre guardo Kel che va a caccia di squali, dimentico l'angoscia di essermi persa la prima occasione di gareggiare. Le sue bracciate sono così sicure e continue. Tutta la performance è fantastica da vedere.

Testolina a Amy. Ammettilo. Non è un tuo avversario. È appena stato generoso e di grande aiuto, e anche se hai bisogno delle pinne e di un bel taglio di capelli, probabilmente GLI PIACI!

«Metticela tutta , Kel, VAI!» grido più forte delle altre.

* * *

Da: amycurtis@ntlworld.com
A: ralphrabbioso@hotmail.com
Oggetto: Compleanno

Buon compleanno, Patatino!
Hai ricevuto il mio biglietto di auguri? Pensavo che la macchina da corsa ti sarebbe piaciuta – ma non farti strane idee!
Ci vai a mangiare la pizza con i tuoi amici?
Con affetto,
Scemi

Da: ralphrabbioso@hotmail.com
A: amycurtis@ntlworld.com
Oggetto: Tocco il cielo con un dito

Ciao Scemi,
buon quattordicesimo compleanno. Hai ricevuto il mio palloncino? Spero che fosse ancora gonfio. È stata dura farlo entrare nella scatola. Sono uscito con i miei amici e ho mangiato mezza pizza e qualche frittella. Ho messo su sei chili! Mamma mi ha lasciato bere una birra a condizione che poi mi reggessi in piedi. Non male come battuta da parte sua. Ha un nuovo ragazzo che si chiama Jake e fa il buttafuori, è senza collo e gli manca pure qualche neurone. Ma va bene così. Mi ha comprato due giochi per il computer. Bella mossa. Dimmi dei tuoi regali, soprattutto quello della tua loffia sorella. Ho avuto l'esito degli ultimi esami del sangue: cessato allarme. Che ne dici di quel salto con il paracadute, allora?
Baci baci e ribaci
Harry

Da: amycurtis@ntlworld.com
A: ralphrabbioso@hotmail.com
Oggetto: Le tue novità

Ehi Harry,
Woooooow!!!!! Sei un mito!!!
Amy smaaaaack

40

Oggi è un giorno da segnare sul calendario, non uno di quelli in cui scadono le bollette, però. È una data speciale per vari motivi. Primo: è passato un anno da quando ho vinto il mio titolo nello stile libero a Nottingham. Secondo: è la prima volta che gareggio con la mia nuova società contro altre società della regione. E terzo: sono molto fortunata a essere ancora qui a un anno di distanza da sapete-bene-cosa.

Ah, già. E quarto: per celebrare l'evento faremo una grande festa a casa, alla quale parteciperanno tutti, compresi Ramoul e la sua fidanzata, Sheena.

Mamma ha venduto alcuni dipinti di fiori in occasione del Festival di Brighton, una delle più importanti manifestazioni artistiche della Gran Bretagna, e ha detto che potevamo noleggiare un tendone per il giardino. È bellissimo; la parte superiore è guarnita di decorazioni e coperta di lampadine luccicanti. Barker ci è rimasto dentro un'infinità di tempo, seduto a guardarle con la testa inclinata. Crede che siano stelle ed è confuso.

Dietro a un lungo tavolo c'è uno striscione con la scritta CONGRATULAZIONI AMY fatta con lo spray d'argento; ne vado molto fiera. A dire il vero, le lettere sono un po' gocciolanti perché a Cassie tremava la mano mentre scriveva. Probabilmente è di nuovo innamorata. Il suo ragazzo si chiama Ryan ed è il capitano della squadra di rugby, il che spiega le spalle quadrate e il naso bozzoluto.

Ognuno dei dieci tavoli dove le persone si siederanno a mangiare è decorato con palloncini argentati. Mia madre e mia sorella hanno sgobbato giorni interi per preparare grandi piatti di lasagne, chili senza carne e torta alla banana in quantità industriali. (Mi hanno concesso di scegliere il menù visto che la festa è in mio onore!)

Dalle sette in poi papà ha organizzato una serata danzante. Non mi è permesso scegliere la musica perché pare che negli ultimi tempi mi piacciano solo delle «volgari canzoni rap». C'è stato un gran vociare e credo che abbiano in cantiere un paio di sorprese per me, qualcosa del tipo Ramoul che salta fuori da una torta o balla il limbo sotto una stanga in fiamme o roba simile.

I miei pensieri non sono proprio rivolti alla festa, però. Sono concentrati sull'esito dei prossimi minuti.

Sto per entrare in vasca a scaldarmi con il resto della squadra. Contrariamente al solito, scruto la tribuna degli spettatori e vedo i miei genitori seduti. Sono a metà del lato destro vicino all'arrivo. Mamma mi vede e fa un piccolo cenno di saluto. Papà si gratta l'orecchio e guarda il programma. L'altro braccio è intorno alle spalle di mamma.

Accanto a loro c'è Ramoul con una maglietta di un arancione acceso e delle treccine da ragazza nei capelli. Devo ricordarmi di scambiare due parole con il guru del suo look. Sposto lo sguardo sul ragazzo alto accanto a lui. Ha un'aria familiare, forse è uno degli ex pazienti di Ramoul. Non fa che imbattersi in loro e raccontarmi sorprendenti storie di guarigione e coraggio.

Sì, sì, va bene, che lagna... Ma questo splendido ragazzo con i capelli castani ondulati e un grande sorriso sembra conoscermi perché MI STA SALUTANDO. Non può essere. Sento un urlo fortissimo e mi rendo conto che proviene dalla mia bocca.

Oh mio Dio. Harry Higgins. La leggenda vivente.

Ricambio il saluto con tutte le mie forze finché Mike Tindall fischia.

Patatino sarà alla mia festa! È il regalo più fantasmagorico che mi abbiano mai fatto. I brividi mi tormentano la schiena. Sto pensando così intensamente a lui che dimentico di respirare in modo corretto e mi entra l'acqua nel naso e in gola. Che figura!

Concentrati, Amy. Ti stai comportando da stupida.

In tutto ci sono otto squadre. Ognuna è nella sua corsia. Il rumore di oltre cento braccia e gambe che tagliano l'acqua è davvero impressionante. In vasca si sente il ritmo delle bracciate altrui e si assorbe l'elettricità crescente.

Tornata alla panchina della squadra inizio a provare una forte sensazione che mi tormenta la pancia. Non è come le farfalle che ho imparato a controllare in varie circostanze nel corso dell'ultimo anno. Questo dolore è caldo e violento e mi fa sentire le braccia e le gambe deboli e malferme. Quando inspiro profondamente dal naso e butto fuori l'aria dalla bocca, sembra calmarsi. Quando guardo la gente che nuota e tendo il petto, ritorna più vendicativo di prima.

Per la prima volta nella mia carriera agonistica, sono in pericolo a causa di un nemico che non riesco né a vedere né a toccare.

La paura. La paura di fallire. La paura di deludere la mia squadra. La paura di sembrare sciocca o deforme davanti a tutte queste persone. Davanti a Harry.

Ci sono già passata. È la stessa paura che aleggiava in quella notte solitaria quando ero in ospedale, quando sarei potuta svanire per sempre nell'oscurità. Non mi avrà adesso. Non lo permetterò.

Guardo ancora la tribuna. Cassie è comparsa vicino a papà con il suo fidanzato, Ryan. E accanto a loro: Georgia, Ally, Rachel e Debs. E altre facce familiari: Shirley (che adesso ha i capelli rosa!) e Gus. E il caro Dan. Sono venuti fin qui per me, per festeggiare il mio anniversario speciale.

Sto per vomitare. Mi sembra di avere dell'acqua in bocca e la lingua di carta vetrata. Il trambusto intorno alla vasca riecheggia nelle mie orecchie simile a migliaia di corvi che gracchiano intorno a un cadavere. Mi pulsano le tempie. Ho gli occhi annebbiati dal vapore e dal cloro.

Concentrati, Amy...

È tempo di esprimere il mio desiderio di Natale. «Fa' che riesca a superare i prossimi dieci minuti senza una catastrofe di vomito e barelle», supplico. Mi metto a studiare il tabellone dei risultati e mi accorgo che teniamo testa ai Waders di Evenbourne, al momento campioni nell'East Sussex, ma siamo a brevissima distanza dagli Hurricanes di Hartings Heath. Qualsiasi posto in classifica avrà il suo peso. Come mi è venuto in mente che sarei stata in grado di sopportare questa tensione?

Ma ecco il momento della mia gara, annunciano i cento metri stile libero femminile under quindici. Mike Tindall si rende conto che sto entrando nel panico e mi accompagna al blocco di partenza.

«Pensa solo all'arrivo e...»

«Arrivaci», lo interrompo cercando di sembrare più convinta di quanto non sia davvero.

«Esatto», dice e mi stringe forte la mano.

I nostri nomi vengono annunciati all'altoparlante. Quando pronunciano il mio, metà della gente in tribuna si alza e applaude. La mia squadra sta facendo il tifo, sento la voce di Kel. Perfino le avversarie si voltano verso di me e applaudono. Per poco non cado all'indietro.

Non credo di farcela. Ramoul, dove sei? Getto un'occhiata in tribuna. Non è seduto al suo posto. Gli occhi guizzano in ogni direzione cercando di individuarlo. Non dovrebbe essere difficile vedere quell'orrenda maglietta arancione... Ed eccolo lì, sui gradini, a pochi passi di distanza. Ha le braccia distese, i palmi rivolti verso l'alto.

«Atlete, a posto», ordina una voce autoritaria.

Avanzo sul blocco, le dita del piede sinistro si aggrappano al bordo con tutte le forze. Gli occhi non si staccano da Ramoul. Ripetendo i suoi gesti come uno specchio, mi tocco la testa, le labbra, il cuore e porto le mani in posizione di preghiera. Mi sorride mentre faccio un respiro profondo e piego il corpo portando le braccia in avanti e unendo i palmi. Posiziono la testa fra le braccia e chiudo gli occhi pensando a come emergere dal tuffo e correggere qualsiasi spostamento laterale.

Respira, Amy…

Il cuore mi batte così forte che sono certa lo sentano anche gli altri. Martella nella cassa toracica e da un momento all'altro potrebbe saltare fuori dal petto, come in *Alien*, creando un orrendo dipinto di sangue sulle mattonelle.

Concentrati…

«Metticela tutta», grida una voce sottile. Potrei giurare che è quella di Sophie…

Al fischio, salto nel caldo mare blu dell'incertezza. Ogni nervo, muscolo, fibra del mio essere, corpo e anima, mi spinge in avanti. Questa cosa incredibile, fantastica, esaltante, intrippante che sto facendo non è più soltanto un sogno. Sto gareggiando di nuovo e vorrei che non finisse mai…

CONOSCO *una ragazza che fa la ruota in modo un po' strambo, riesce a mangiare un pacchetto di patatine tutto in una volta, si fa la doccia e si veste in quattordici minuti esatti, sa suonare* Il Signore della danza *al pianoforte con le dita del piede sinistro, fa centocinquanta flessioni senza avere neppure un crampo e sa pedalare in bicicletta all'indietro seduta sul manubrio.*

Adora i gruppi rap, soprattutto i Mother Beepers, e la cosa che ama più di tutte (dopo la sua famiglia e il suo fisioterapista Ramoul) è un caldo mondo più profondo del blu, seguito a brevissima distanza dal suo cane Barker.

Pensa che avere quattordici anni ed essere una delle nuotatrici di stile libero più veloci della contea sia figo, e che le ragazze a cui piacciono i tatuaggi e i reality show siano a posto. Si guarda allo specchio ogni mattina (per controllare la situazione trucco e capelli) e si diverte a comprare vestiti che mettono in risalto il suo favoloso fisico atletico e che la fanno sentire al meglio.

Sa che le amiche del cuore ci saranno sempre, da

qualche parte, qualunque cosa accada. E che la sua splendida scuola nuova e i compagni di nuoto renderanno magico ogni momento.

Spera che il sole sorga ogni mattina, che la vita sia rosea e che le persone che ama stiano sempre bene.

Coglie l'attimo, perché non si può mai sapere che cosa ci aspetta dietro l'angolo.

E ha smesso di bere frappè alla fragola perché il suo ragazzo Harry dice che fanno venire l'acne.

La ragazza sono io. E se vi state chiedendo delle Olimpiadi, aspettate e vedrete...

Ringraziamenti

GRAZIE a Maddy, le cui abilità subacquee hanno creato una prima bozza di idea; a Christopher Pilkington di Endemol TV, dove Amy ha iniziato il suo viaggio; al team del Sussex Rehabilitation Centre di Brighton – soprattutto all'infermiera caporeparto Frances Tarr e ai giovani pazienti che mi hanno raccontato le loro storie; alla sezione sportiva della Loughborough University per le informazioni sul nuoto agonistico; a Rosemary Canter di PFD per aver detto di sì; a Christine Lo di Orchard Books per l'incoraggiamento a esplorare spazi aperti e cieli immensi; a Sammy per quella giornata di neve a Notting Hill; ai miei cari amici, che mi portano fuori, e a Joe Scourfield, la cui risata mi ha condotta da Harry, che ho avuto la fortuna di conoscere. Un ringraziamento speciale a Chris, che non ha mai perso la fiducia, e a Bruce, il miglior fratello maggiore del mondo.

Collana «Parole»

18. Jonathan Snow, *La stella degli angeli*
20. Sergio Bambarén, *Il delfino*
22. Jonathan Snow, *Il piccolo angelo e il grande mago*
30. Sergio Bambarén, *L'onda perfetta*
34. Sergio Bambarén, *Vela bianca*
35. Jonathan Snow, *Un regalo dal cuore*
36. Neale Donald Walsch, *La Piccola Anima e il Sole*
37. Billy Mills e Nicholas Sparks, *Il bambino che imparò a colorare il buio*
39. Sergio Bambarén, *Serena*
40. Anna Cerasoli, *I magnifici dieci*
41. Peter O'Connor, *Ali sull'oceano*
42. Sergio Bambarén, *Il guardiano del faro*
44. Sergio Bambarén, *Stella*
45. Phyllis Theroux, *La magia della neve*
46. Sergio Bambarén, *Il vento dell'oceano*
47. Jonathan Snow, *L'uomo che incontrò il mare*
48. Witi Ihimaera, *La balena e la bambina*
49. Anna Cerasoli, *La sorpresa dei numeri*
50. Sergio Bambarén, *Il sole e la cometa*
51. M. Scott Peck, *L'incanto di un fiocco di neve*
52. Sergio Bambarén, *Blu*
53. Daniele Grespan, *Suerte*
54. Ronit Galapo, *La promessa dei venti*
55. Sergio Bambarén, *Notte di luce*
56. Donna VanLiere, *Una sorpresa sotto l'albero*
57. Peter O'Connor, *Il primo raggio di sole*
58. Janis Frawley-Holler, *L'isola della felicità*
59. Sergio Bambarén, *La rosa di Gerico*
60. Sergio Bambarén, *Il delfino* (ed. Deluxe)
61. Christopher Moore, *Tutta colpa dell'angelo*
62. John Penberthy, *Dolce come il miele*
63. Gabrielle Zevin, *Benvenuti ad Altrove*
64. Sergio Bambarén, *Fratello mare*
65. Anna Cerasoli, *Mr Quadrato*
66. John Grogan, *Io & Marley*
67. Matthieu Ricard, *La Cittadella delle nevi*
68. Jonathan Snow, *Il bambino che amava l'oceano*
69. Abigail Thomas, *Sempre con me*
70. Nicoletta Bortolotti, *Il filo di Cloe*
71. Ginny Rorby, *Dove volano i delfini*
72. Sergio Bambarén, *La musica del silenzio*
73. Ferran Ramon-Cortés, *Diario di bordo*
74. John Grogan, *Marley - un cane unico al mondo*
75. Françoise Bourdin, *Un dono inaspettato*
76. Jill Hucklesby, *Più profondo del blu*

Pagina 7, 12, 17, 18, 22, 23, 26, 37, 40
87, 90, 96, 116, 120, 123, 146, 152
109, 163, 166, 171, [illegible], 212, 226

Finito di stampare nel marzo 2008
presso la Mondadori Printing S.p.A.
Stabilimento N.S.M. di Cles (TN)
Printed in Italy